Hartmut El Kurdi

Revolverhelden auf Klassenfahrt

Geschichten und Kolumnen

**Critica
Diabolis
215**

**Edition
TIAMAT**

*Immer wieder für Ulrike und Salima.
Und für Luzie: Que sera, sera.*

Inhalt

Aktenzeichen XY reloaded – 7
Jetzt neu: Das Ego-Deppen-Ticket der DB – 10
Die Leute von der Ossi-Ranch – 13
Gott ist Zigaretten holen – 16
Wir ham euch etwas mitgebracht: Hess, Hess, Hess! – 19
Das Gejammer der Doofmenschen – 22
Linden. Eine Sommerliebe – 25
Zu fett für Fair Trade – 31
Deutschland. Ein Hitlermärchen – 34
Revolverhelden auf Klassenfahrt – 37
Howard X und die schwarze Macht des ZDF – 40
Aus Sparschweinchens Oktavheft – 43
Backen mit Blutfett – 46
Das Laberstromnetz – 49
Das Schwein des Anstoßes – 52
Mit dem Mofa durch Hannova – 55
Trinken und Schmettern – 58
Showtreppe Afghanistan – 61
Schraubstockeier zum Kaffee – 64
Ein Pilz, ein Stich, ein Loch im Bein – 67
Rein in die Puschen, raus aus die Puschen – 70
Vorwärts in die Vergangenheit – 73
Ofen aus in der Weihnachtsbäckerei – 76
Trimmy, die Fitnesswurst – 79
Die Kanakenkinder-Subversion – 82
Im Instrumentenmilieu: belogen, betrogen, gedemütigt – 85
Mein Leben als Teilzeit-Royalist – 88

Shopping-Mall-Showdown – 91
Vom Häuten der Nudel – 94
Der Teufel trägt Prada – Gott trägt Slabbinck – 97
Politik im Äppelwoi-Sumpf – 100
Die Drolligkeit des Italieners – 103
Schweizer Socken satt – 106
Politik, Staub und Intimrasur – 109
Die L.-Ron-Hubbard-Signature-Gitarre – 112
Fröhliches Kugelkucken mit Matze Horx – 115
Hopsi lässt's krachen – 118
Die Reaktion der Reaktion – 121
Der Hamster – 124
Null-Toleranz gegenüber Wasserschnorrern – 127
Umzugskolumne mit integriertem Antrag auf den
Niedersächsischen Verdienstorden – 130
Automatenabitur an der Volkshochschule – 134
Hintenrum-Talibanisierung durch anhaltende
Kältewelle – 137
Schluss mit Lügen! – 140
Dumm-Dumm Boris und Laber-Loddar – 143
Schulsäufer und Seminarraucher – 146
Die Schuhe in meinem Leben – 148
Die Oma-Patrouille – 151
Happy Loving Couples – 154
Im Land der Pilzbauten, Klöpse und Todesmücken – 157
Jehova revisited – 162
Der Spülinfarkt – 169
Schwule Römer – 173
Bonus-Track:
Ein Dings namens Hübner – 177

Aktenzeichen XY
reloaded

MANCHMAL IST MAN EINE ZEITLANG WEG, kommt zurück und ist überrascht, dass sich eigentlich nichts geändert hat. Die Betonung liegt auf »eigentlich«, denn zunächst einmal sieht ja alles ganz anders aus. Jeder kennt das vom Heimaturlaub: Wie ein Spätheimkehrer aus russischer Kriegsgefangenschaft irrt man durch die Straßen der Kindheit und wundert sich über Zerstörung und Wiederaufbau: Über potthässliche Multiplexe oder Cinemaxxe zum Beispiel – oder wie diese gigantischen Popcornbuden mit Schmodderfilmbetrieb auch jeweils heißen. Oder über das runtergeranzte Sonnenstudio, dass sich in den Räumen des damals auch schon runtergeranzten Tanzlokals befindet, in dem man zum ersten Mal hirnverflüssigende Rauchdrogen inhalierte. Nichts ist mehr so, wie es war.

Aber irgendwann kommt man immer an die *eine* Parkbank, erinnert sich an schüchterne und hakelige Zahnklammerküsse und ist verwundert, dass die Bank immer noch existiert. Ob es wirklich dieselbe ist, lässt sich nicht überprüfen und ist eher unwahrscheinlich. Aber sie steht an der selben Stelle und sieht auch genauso aus. Insofern stimmt der erinnerungsbefördernde Eindruck. Das reicht. Und dann wird man ruhig.

Ähnlich geht es mir auch mit medialen Phänomenen wie »Aktenzeichen XY ungelöst«, das ich mir kürzlich nach geschätzten 30 Jahren Abstinenz mal wieder anschaute. Schon als Kind rezipierte ich die Sendung als reines Humorprodukt. In einer Reihe mit »Schweinchen

Dick«, »Klimbim«, der »Otto-Show« und Loriot, dessen XY-Parodie übrigens leider nur halb so komisch wie das Original ist.

Das war damals wirklich Schrullen-Comedy pur: Das XY-Mastermind Eduard Zimmermann sah aus wie der Schwippschwager von Heinz Erhardt und sprach wie ein hastig zusammengelöteter Roboter. Und selbst als Siebenachtneunjährigem war mir klar, dass die nachgespielten Einbruchs- und Totmachszenen in ihrer schwarzweißen Schlichtheit nichts mit der Realität, aber auch nichts mit den mir bekannten Fernseh-Krimi-Formaten zu tun hatten, sondern eigenen ästhetischen Gesetzen folgten – die aber sicherheitshalber niemandem verraten wurden.

Ich kenne allerdings Menschen, denen die handgeschnitzten XY-Filmchen wochenlang Angst einjagten. Schon ein aus dem Off gesprochener Einstieg wie: »2. Juli 1974, ein Montag: In Dedensen, einem kleinen Ort bei Hannover, sitzt die Familie Warnke wie jeden Morgen beim Frühstück. Doch etwas ist *anders* an diesem Tag.«, beschrieb eine von einer schwarzen Wolke verdunkelte Normalität, die manch einem das Blut in den Adern gefrieren ließ. Mir nicht. Obwohl ich sonst vor vielem Angst hatte. Aber nicht vor Onkel Ede.

Ich wartete stets auf den ersten schlecht nachgemachten Dialekt, die erste Liveschaltung zu Werner Vetterli in die Schweiz oder Peter Nidetzky in Wien, auf Sätze wie: »Vermutlich hat der Täter sein Aussehen inzwischen verändert und sieht jetzt so aus«, und auf das dann folgende Foto, auf dem man einen Mann mit fetten Koteletten sah, der eine verblüffende Ähnlichkeit mit meinem Cousin Walter hatte. Und mit zwanzig anderen Halbstarken aus unserer Siedlung.

Und genau so ein Foto bereitete mir auch beim Anschauen des neuen »XY« wieder große Freude. Zwar ist sonst alles anders: Ede ist tot und heißt jetzt Rudi Cerne, das Studio ist groß und bunt und sieht aus wie die Kommandobrücke der »USS Enterprise«, aber die Fotos ...

In diesem Fall zeigte man zwei Bilder des ostfriesischen Tresorknackers Dietmar Linke. Eins von 1996 und dann das gleiche Foto, das – so der Beamte vom LKA Niedersachsen – mithilfe einer aufwendigen »Aging«-Computersoftware bearbeitet worden wäre. Damit könne man den Alterungsprozess simulieren und darstellen, wie Linke wohl heute aussehe. Die einzige Differenz zwischen beiden Bildern war allerdings, dass Linke auf dem neuen Foto leicht graue Haare hatte. Für die hätte man jedoch kein Computerprogramm gebraucht – da hätte es auch ein weißer Edding getan. Das fiel dann auch Herrn Cerne auf, der grummelte, dass da ... naja, kein großer Unterschied zu sehen sei, um schnell zum nächsten Punkt überzuleiten: Dietmar Linkes Lache. Die sei nämlich so auffällig, dass man ihn gut daran erkennen könne. Und dann wurde sie eingespielt: die Linke-Lache. Vom Band beziehungsweise vom Computer: fröhliches, ansteckendes, fast pubertäres, glucksendes Vor-sich-hin-Gekicher.

Der Kriminaler versuchte, ernst zu kucken, und Rudi Cerne tat so, als sei er ein seriöser Moderator. Und ich lachte mit Dietmar Linke um die Wette. So, wie ich eigentlich immer schon bei »XY« gelacht hatte. Und alles war gut.

Jetzt neu: Das Ego-Deppen-Ticket der DB

MEIN LIEBLINGSSPIEL IM KINDERGARTEN war: »Mein rechter, rechter Platz ist frei.« Weil man so – »Mein rechter, rechter Platz ist frei, ich wünsche mir die Sabine herbei« – Menschen, die man attraktiv oder gutriechend fand, zumindest kurzzeitig neben sich platzieren konnte. Um vielleicht ein wenig an ihnen zu schnuppern, auch im übertragenen Sinne. Bis sie von jemand anderem wieder weggewünscht wurden. An einen anderen »rechten Platz«. Das war dann jedes Mal ein kleiner, spitzer Trennungsschmerz ...

Manchmal gab es beim Spielen auch Streit – weniger darum, wer wo sitzen sollte, als um die Wortwahl. Gewisse Personen behaupteten, das Spiel hieße »Mein rechter, rechter Platz ist *leer*«. Und der sich reimende Spruch lautete dann: »Mein rechter, rechter Platz ist *leer*, ich wünsche mir den Matze *her*.« Matze oder Mathias hießen bei uns alle Jungs, die nicht Andreas oder Andi hießen. Oder Thomas. Nur ich hieß Hartmut, aber das ist ein anderes trauriges Thema.

Manche meiner Mitkinder waren durch den Streit, ob es nun »leer« oder »frei« heißt, so verwirrt, dass sie sich harmoniesüchtig an beide Seiten anbiederten: »Mein rechter, rechter Platz ist *leer*, ich wünsche mir den Matze *herbei*.«

Hmm ... Ich glaube, damals entstand meine Aversion gegen reimlose Gedichte: Ob Geschenktext oder Hochkultur, Christiane Allert-Wybranitz, Günther Grass oder Durs Grünbein. Für mich alles der gleiche Schmonzes.

Wenn man so etwas schon schreiben muss, warum kann man es dann nicht »rhythmisierte Kurzprosa« nennen? Wieso muss da »Gedicht« draufstehen?

Eine reimlose Gedichtform finde ich allerdings super: das Elfchen. Das Elfchen ist so eine Art Kinder-Haiku. Es besteht aus elf Wörtern: In der ersten Zeile steht ein einzelnes Wort, in der zweiten zwei Wörter, in der dritten drei, in der vierten vier und in der fünften ... nein, nicht fünf, sondern wieder ein Solo-Wort. Sonst wäre es ja kein Elfchen, sondern ein Fünfzehnchen.

Elfchen werden gerne in Grundschulen geschrieben, »creative writing« auf ABC-Schützen-Niveau. Ich hab grade mal gegoogelt und sofort was gefunden, geschrieben von Schülern der Klasse 2a in Harheim/Frankfurt: »Rot / Die Rose / Hat spitze Stacheln / Ich piekse mich daran / Autsch!« Oder: » Rot / Das Rotkehlchen / Es legt Eier / Das Männchen passt auf / Familie!« Dagegen kann man doch weder ästhetisch noch inhaltlich etwas sagen. Vor allem das zweite Gedicht ist z.B. gendertechnisch weit fortschrittlicher als die bundesdeutsche Familienrealität.

Aber ich bin schon wieder abgeschweift. Also, warum erzähle ich hier von »Mein rechter, rechter Platz ist frei«? Weil dieses schöne Spiel tot ist. Tot und begraben. Denn es gibt in Deutschland keine freien Plätze mehr. Und niemand wünscht sich irgendjemanden neben sich. Weder rechts noch links. Zumindest nicht in Bussen, U-Bahnen oder Zügen der Deutschen Bahn. Betritt man zum Beispiel einen beliebigen ICE-Waggon, stellt man fest: Alle Plätze sind besetzt, egal, wie viele Fahrgäste sich darin befinden, egal, wie viele zusätzlich einsteigen.

Denn auf den eigentlich freien Plätzen neben den Individualreisenden türmt sich Zeug: Tüten, Taschen, Koffer, Zeitungen, Bücher, Tupperdosen, Wasserflaschen, Unterhaltungselektronik, Mäntel, Jacken, Reptilien ... Und die ignoranten Sitzplatzinhaber tun so, als bemerkten sie die Sitzplatzsuchenden nicht. Oft muss man sie auf den

Kopf hauen oder ihnen unsanft die mp3-Hörer aus den Ohren zutzeln, damit die Frage: »Ist der Platz frei?« überhaupt einen Adressaten beziehungsweise Empfänger findet.

Neulich sah ich jemanden, der auf dem Platz neben sich einen mittelgroßen schwarzen Plastikwürfel abgestellt hatte. Für einen orthopädischen Bandscheibenblock aus dem Sanitätshaus zu klein, für ein Kinderspielzeug zu groß. Es war klar: Dies war ein einzig zu diesem Zweck entworfener und hergestellter Platznebensichblockierer. Im *Manufaktum*-Katalog wahrscheinlich auch in »Erle Natur« oder »Bakelit« zu bestellen.

Denn das fällt auf: Oft ist es die akademische Laptop- und Tablet-Mittelschicht, die anderen die Sitzplätze zumüllt. Statt einfach 1. Klasse zu fahren, wenn sie es denn geräumiger und leerer haben wollen. So geschäftig, wie die tun, müsste es dazu doch reichen.

Aber vielleicht ist das ganze Phänomen auch nur ein von mir unbemerkt gebliebenes Spar-Angebot der Bahn: das günstige »Ego-Deppen-Ticket – einen Platz bezahlen, zwei blockieren!« Zumindest würde das zum geisteskranken Gesamtkonzept der Bahn passen, dessen innere Logik man nur noch verstehen kann, wenn man sich von der äußeren Logik dieser Welt verabschiedet. Für immer.

Die Leute von der Ossi-Ranch

VIELE MENSCHEN FÜHREN PARALLEL-EXISTENZEN. Weil ein einzelnes Leben oft nicht genug ist. Aber nicht alle Zweitleben sind so verstörend, wie die der fast schon sprichwörtlichen Politiker und Manager, die sich abends von gelangweilten Dominas die Harnröhre mit drahtigen Pfeifenreinigern durchbürsten lassen, weil man das offensichtlich braucht, wenn man selbst den ganzen Tag Untergebene anschreit.

Meine Parallel-Existenz ist viel zivilisierter, aber mitunter doch prickelnd bizarr. Sie besteht darin, dass ich mit einer postmodernen, freundlich-ironischen Countryband durch die Lande ziehe und Orte aufsuche, where no man has gone before. Zumindest »no man« ohne Stetson und Cowboy-Boots.

Wichtig ist dabei, dem Country-Universum stets mit Neugierde und nie mit Hochmut zu begegnen. Das bürgerliche Dasein ist viel zu langweilig, als dass ich es nicht zu schätzen wüsste, wenn Menschen auf so sympathisch durchgeknallte Ideen kommen wie z.B. in eine Lagerhalle mitten in einem niedersächsischen Gewerbegebiet einen kompletten Western-Saloon einzubauen und dort defizitäre Country-Konzerte zu veranstalten.

Von außen denkt man: Oh, der Schuppen gehört bestimmt einem Serienmörder, der darin Frauentorsi stapelt, dann aber tritt man durch die Tür – und es ist wie bei »Alice im Wunderland«. Man steht mitten in einer Märchenwelt: Die Industrie-Blechwände sind von oben bis unten im Blockhausstil holzverkleidet, Pferdehalfter überall, vor der Bühne stürzt ein künstlicher Wasserfall von der Wand und pünktlich um 20 Uhr taucht der örtlichen Line-Dance-Club auf, schreit »Yehaaw!« und positioniert sich tanzbereit vor der Bühne. Und die Band ist glücklich, weil sie eine praktische Aufgabe hat und nicht bloß l'art pour l'art produziert.

Am gleichen Abend – passend zur vierzehnten TV-Wiederholung von »Brokeback Mountain« – erscheinen dann noch zwei überraschend homosexuelle Cowboys, wippen erfreut zu unserer langsamen »tear-jerker«-Version von YMCA und machen beim Aftershow-Bier klar, dass sie nur zu gerne zwei bis vier Bandmitglieder mit nach Hause nehmen würden. Und während man das Angebot zum erotischen Herren-Rodeo möglichst höflich ablehnt, freut man sich, dass die Welt nicht so eindeutig ist, wie sie oft erscheint.

Schön ist es auch, wenn man freitags im Prenzlauer Berg in einem Rock-Club von gepiercten Jung-Hedonisten ob des humoristischen Ansatzes bejubelt wird und am nächsten Tag als Höhepunkt des Sommerfestes eines todernsten ostdeutschen Western-Vereins spielen darf. Auf diesem Fest – das auf einem ehemaligen NVA-Gelände stattfindet – sind alle verkleidet: so weit das Auge reicht nur Hüte, Staubmäntel und Western-Petticoats. Natürlich wird man dort wegen des abends zuvor gefeierten Ironieanteils misstrauisch beäugt. Und dann erfährt man auch noch, dass der Verantwortliche für die Auswahl der Band seine stattliche Country-Vokuhila-Frisur (in Amerika heißt diese Haartracht übrigens »Tennessee Waterfall«) für uns verpfändet hat: »Jungs, wenn die eure Musik Scheiße finden, dann muss ick mir'n Kopp rasieren. Dit is der Deal!« So bangt man das komplette erste Set um die Haare des Veranstalters und hofft, dass die Colts, die die Ost-Cowboys mit sich herumtragen, nicht vielleicht doch echt sind. Und es regnet. Und das Konzert ist Open Air.

Grade als man beschließt, noch schnell alle backstage

in einem Oster-Körbchen dekorierten Kirschbrände und Mini-Pflaumenschnäpse (»In eurem Vertrag steht doch, ihr wollt'n Obstkorb in der Garderobe!«) auszutrinken und dann heimlich in der Konzertpause zu türmen, fängt es an, dem Publikum zu gefallen. Wieder wird gelinedanced, dass das Stiefelleder kracht. Hinterher im NVA-Saloon wird man selbst auf die Tanzfläche gezerrt. Nach diversen Jim Beams dann Geständnisse: »Erst hamwer jedacht, ihr seid arrogante Wessis, aber ... aber jetzt seid ihr doch echte Kumpels!« Und dann wird's irgendwie noch nett.

Zum Abschluss steht dann ein kleiner Mann mit Schlapphut vor einem und sagt: »Ick bin Festus Junior uss Berlin, ick steh uff New Country und FKK«, und man schaut ihm ins Gesicht und versteht sofort, warum er sich ausgerechnet diesen Kampfnamen ausgewählt hat.

Am nächsten Morgen wacht man auf, nimmt eine Hand voll Aspirin und fährt zurück in die wirkliche Welt, wo ein Mann selten noch das tut, war er tun müsste ...

Gott ist Zigaretten holen

WENN DIE EIGENE MUTTER in die Demenz abrutscht und ins Heim muss, hält sich die Komik dieses Vorgangs, gelinde gesagt, in Grenzen und ist daher vielleicht auch nur bedingt kolumnentauglich. Zumindest wenn man davon ausgeht, dass eine solche Kolumne nicht ernst gemeint ist. Nur weil sie überwiegend humoristisch daherkommt. Da ich aber schon immer der Meinung war, dass man die wichtigen Themen, egal ob sie politisch, kulturell oder einfach nur menschlich sind, nicht den literarischen Bedeutungshubern und Stirninfaltenlegern, also den allseits bekannten Ernsthaftigkeits-Darstellern überlassen darf, muss man auch über ein solch persönliches Ereignis schreiben. Sicher bin ich mir da allerdings nicht, aber wie sollte man das auch sein?

Mal abgesehen davon, dass es die kleinen überraschend komischen und absurden Momente tatsächlich ja auch gibt, wenn Muttchen zum Beispiel berichtet, dass sie am Vormittag »weg« gewesen sei. »Wo warst du denn?«, fragt man interessiert nach und erwartet eine Antwort wie »Bei der Krankengymnastik« oder »Beim Kartenspielen im Speisesaal«. Sie aber denkt kurz nach und sagt dann bestimmt: »In Palästina!«

»Aha«, nickt man und versucht, sich nichts anmerken zu lassen. »Und was hast du in Palästina gemacht?«

Sie überlegt wieder einen Augenblick. »Nix, ich war da so. Mit ein paar Leuten.«

»Und zum Mittagessen warst du wieder hier?«

»Klar, was denn sonst? Es gab doch Würstchen!«

Und obwohl man es erst nicht will, muss man dann

doch lachen. Und vermutlich ist das in Ordnung, aber auch dabei fühlt man sich wackelig auf den Beinen ...

Ansonsten ist man vor allem verblüfft, dass im menschlichen Gehirn bestimmt Areale genauso gelöscht werden können wie auf einer Computerfestplatte. So erinnert sich meine Mutter an ihre Kindheit in Oberhessen, an ihre Jahre in Jordanien – und das war's. Sowohl ihr Leben im 60er-Jahre-England wie auch ihre letzten Jahrzehnte in Kassel – im Nebel eines Schlaganfalls verschwunden. Was vor allem verschwunden ist – und das hat bei aller Tragik doch etwas mild ironisches – ist die Erinnerung an die von ihr in den letzten vierzig Jahren gnadenlos ausgeübte Hardcore-Religion.

Meine Mutter trat nämlich Anfang der 70er Jahre den Zeugen Jehovas bei. Und ich wurde mitbeigetreten. Fortan feierten wir weder Geburtstag noch irgendeins der anderen üblichen, im Verständnis der Sekte nur pseudochristlichen, eigentlich ja durch und durch »heidnischen« Feste wie Weihnachten oder Ostern. Es gab keine Blutwurst mehr zu essen, meine Mutter hörte mit dem Rauchen auf, entließ ihren ungläubigen Freund – und selbst ich als kleiner Junge musste von Tür zu Tür gehen und die frohe Botschaft eines bald drohenden Weltuntergangs verkünden. Und ich durfte keinen engeren Kontakt zu Menschen aus der sogenannten »Welt« pflegen, keine dämonische Rockmusik hören und musste aus dem Fußballverein austreten.

Als ich schließlich pubertierte und sich damit ein weiteres Verbotsfeld auftat, ging ich zunächst kurz in die innere Emigration und desertierte dann endgültig aus der Sekte. Aber meine Mutter blieb beinhart dabei. Bis vor einem Jahr. Seitdem ist alles weg. Deleted. Zum Geburtstag wünschte sie sich Käsekuchen und ein gesungenes »Happy Birthday« und genoss sichtlich unser stolperiges Gratulationsgesumme. Beim Anblick der Schokohäschen und gefärbten Eier im Osternest lächelte sie, als begegnete sie lang vermissten alten Bekannten. Und der zu Weihnachten im Heim aufgestellte Tannenbaum erzeugte bei ihr kein angewidertes Kopfschütteln, sondern nur ungetrübte Freude und die Bemerkung: »Ja, ja, ein Weihnachtsbaum muss sein, sonst ist es ja kein richtiges Weihnachten!«

Überraschenderweise aber empfindet meine aus einsichtigen Gründen agnostische Seele keinerlei Triumph. Nur echte Verwunderung darüber, wie schnell eine solch fundamentale Veränderung passieren kann. Ein wenig erinnert mich das religiöse Reset meiner Mutter an den Fall des eisernen Vorhangs. Gestern noch Maiparaden und Trabbis, heute schon Aldi-Nord und Toyota-Vertretungen.

Das einzige, was mich nervös macht, ist die Vorstellung, dass bei mir – sollte ich später mal dement werden – der ganze Zeugen-Jehovas-Schmodder aus meiner Kindheit quasi im Gegenzug wieder hochkommen könnte. Sollte ich dann mit dem Wachtturm vor Ihrer Tür stehen, denken Sie dran: Ich war zwischendurch auch mal anders.

Wir ham euch etwas mitgebracht: Hess, Hess, Hess!

MANCHMAL IST MAN SICH SELBST EIN RÄTSEL. Obwohl mich die klassische schlampig-schlumperige Öko-Ästhetik nie angesprochen hat, überrasche ich mich doch immer wieder dabei, in Katalogen irgendwelcher Ökoversandhäuser zu blättern und den Erwerb von dort angebotenen Kleidungsstücken zumindest in Erwägung zu ziehen. Kurios ...

Wobei man dabei auch Interessantes lernen kann. Zum Beispiel, dass der amorphe und rustikale oldschool Öko-Style gar nicht so schlimm ist – im Vergleich zum halbanthroposophischen, spießigen Öko-Businessschick des modernen, gutverdienenden Mittelschichtakademikers, wie ihn zum Beispiel »Hessnatur« anbietet.

Am widerlichsten in diesen Katalogen sind die Models, wobei mich selbstverständlich nicht die Künstlichkeit der professionellen Damen und Herren stört – das ist ja sozusagen ein Alleinstellungsmerkmal dieses Berufsstandes –, sondern grade die gefakte »Natürlichkeit«, die ihnen dort verpasst wird.

Vor allem die Damen sehen einen wohlkalkulierten Tick unfrisierter und weniger geschminkt als im herkömmlichen Versandhaus-Katalog aus, dabei aber immer porentief rein, slipeinlagengewindelt, mit gewienerten und glänzenden Bäckchen, gerne auch mal mit keltisch rotem Haupthaar. Aus irgendeinem rätselhaften Grund gilt echtrotes Haar, wenn's geht auch noch naturgelockt, wohl als besonders ökologisch. Nur alt dürfen die weiblichen Models auch hier nicht sein. »Öko« und »bessere

Welt« hin oder her – alte Frauen sind wohl auch für die kapitalistischen Mode-Wollsocken von »Hessnatur« nicht diskutabel beziehungsweise – sagen wir, wie es ist – fuckable. Denn nur darum geht es ja im Model-Geschäft – um sexuelle Attraktivität.

Bei den Herren ist das, wie überall in der Gesellschaft, offensichtlich anders. Hier mogelt »Hessnatur« auch mal einen Silberrücken unter die juvenilen, muskulösen Naturburschen. Wobei der alte Sack – auch dies dem gesellschaftlichen Trend entsprechend – genauso aussieht wie die Jungen, nur eben mit grauem Haar – das aber nicht weniger voll und casual-mähnig ist als das der Twen-Models.

Ganz anders ist dies alles bei meinem Lieblingsökoversand, der eigentlich kein Ökoversand ist, sondern eine Schäfereigenossenschaft aus dem Allgäu. Wenn ich es dem Katalog richtig entnehme, wurde der »Finkhof« irgendwann Ende der 70er Jahre als Aussteigerkommune und Wohngemeinschaft von Mensch und Schaf gegründet und ist inzwischen ein erfreulich florierendes Unternehmen.

Aber noch immer werden hier die alten Werte hochgehalten, zumindest ästhetisch, wahrscheinlich aber auch sonst. Die Kleidung wird im Katalog größtenteils von auf dem Hof arbeitenden Menschen präsentiert, der Rest der »Models« scheinen dazu engagierte Freunde, Nachbarn oder Zufallsbekanntschaften zu sein.

Von Frisuren im herkömmlichen Sinn kann im »Finkhof«-Katalog nicht gesprochen werden, den Menschen wachsen eben Haare aus dem Kopf, mal in die eine Richtung, mal in die andere – und manchmal auch gar nicht mehr.

Bei der Unterwäsche-Präsentation fasziniert die vollkommene Abwesenheit der in diesem Bereich eigentlich schwer vermeidbaren Erotik, was nicht nur an den mäßig erregenden Produkten wie der langen Herren-Wollseide-Unterhose »mit Eingriff« liegt. Auch der »Blaue Damenpanty« und der »Rote Wollslip« werden erstaunlich keusch und unsexualisiert präsentiert. Das Höchste an Emotionalisierung ist ein romantisierendes Gegenlicht-Foto.

Dafür aber wird viel gelächelt auf den Bildern – und zwar das bekannte amateurhafte »Huch, ich werde ja fotografiert«-Lächeln. Auch Falten, graue Haare, Bauchansätze und sogar einen 1A-Siebziger-Retro-Schnauzbart gibt es. Was will man mehr?

Ich muss allerdings gestehen, dass ich auch beim »Finkhof« nur selten etwas bestelle, weil die Einsatzgebiete für diese Art der Mode außerhalb des Allgäus doch etwas begrenzt sind. Wobei: Vor Jahren erwarb ich dort eine Schaffellweste, die so großartig warm ist, dass sie ruhig scheiße aussehen darf. Egal, ob unter einem dünnen Jöppchen oder zur Erwärmung meines verspannten Rückens – diese Weste ist unschlagbar. Als sie mir einmal abhanden kam, bestellte ich eine neue, die just ankam, als meine Freunde Wolfram und Ulrike mit ihrem Border Collie Abby zu Besuch waren. Die neue Weste stank so unglaublich nach Schaf, dass der arbeitslose Hütehund mich erst verstört anbellte und dann versuchte, mich ins Badezimmer zu treiben. Ich vermute zum Scheren ...

Das Gejammer der Doofmenschen

LANGE HABE ICH NICHTS MEHR vom Ungeheuer von Loch Ness gehört. Vielleicht, weil es das drollige, langhalsige Monster Nessie gar nicht gibt? Wer weiß, da könnte ein Zusammenhang bestehen. Aber nicht zwingend. Es gibt ja auch andere Phänomene, die nachweislich nicht existieren, aber ständig aus den medialen Sommerlochs und -löchern auftauchen.

Die beliebteste Legende der letzten Jahre ist die von der Existenz eines funktionierenden Denk- und Sprechverbots namens »political correctness«. Man könnte nun lange über die Geschichte und Wirkung dieses Begriffes im Ursprungsland USA referieren, aber dafür gibt's ja das Internet. Empfehlenswert sind vor allem einige kluge Artikel, die Diedrich Diedrichsen darüber geschrieben hat.

Aber reden wir lieber über die angebliche politische Korrektheit in Deutschland: Kaum wird eine politische oder publizistische Krawallschachtel wie Hans-Olaf Henkel wie Thilo Sarrazin öffentlich kritisiert, sitzt der emeritierte Geschichtsprofessor und hauptberufliche Quatsch-Prediger Arnulf Baring – ein alter, erstaunlich schlecht erzogener Mann ohne jegliche Manieren und Stil – in der nächsten Talkshow und prangert in komplett wirren und entgrenzten Monologen die linke Zensur in Deutschland an. Lustig daran ist, dass der hemmungslose Greis sich dabei benimmt, als wolle er selbst gerne jeder Person, die nicht Arnulf Baring heißt, das Reden verbieten. Wer auch immer in der Runde sitzt: Baring bellt sie alle an wie ein wütender Dackel mit Tourette. Und dennoch wird er regelmäßig in solche Sendungen eingeladen. Wie auch der albern-schnöselige Jan Fleischhauer vom *Spiegel*, der es für konservativ hält, zu eng sitzende, wurstpellenartige Tweed-Sakkos zu tragen.

Eingeladen wird Fleischhauer, weil er unter dem unglaublichen Trauma leidet, in den 70er Jahren des letzten Jahrhunderts von Sozialdemokraten großgezogen worden zu sein und sich dieses Elend in einem Buch (»Unter Linken: Von einem, der aus Versehen konservativ wurde«) von der Seele geschrieben hat. Außerdem verfasst er auf *Spiegel-online* die verschwörungstheoretische Kolumne »Der schwarze Kanal«. Aber egal in welchem Medium: Fleischhauers Lebensthema ist die angebliche Existenz einer linken Medien- und Kultur-Hegemonie in Deutschland. Ach Gottchen, möchte man angesichts all der Neokonservativen und Unpolitischen in diesem Gewerbe seufzen, schön wär's.

Tatsächlich ist es aber seit einiger Zeit sogar hip, herumzukrakeelen, man sei aus Überzeugung »politisch unkorrekt« und spreche nur verbotene Wahrheiten aus. Leider sind nahezu alle Personen, die dies tun, wahlweise stuhldumm, irre oder beinharte Rassisten. Sie sehen es als ihr Menschenrecht an, Arbeitslose endlich wieder als asozial und Homosexuelle als pervers zu bezeichnen – oder eben Orientalen einen geringeren IQ anzudichten. Manche wollen auch einfach ihre nichtarischen Mitmenschen »Neger« oder »Kanaken« nennen. Oder blödironisch »Kulturbereicherer«. Und das hat bitteschön unwidersprochen geschehen zu dürfen. Was da zum Beispiel alles in den Kommentarspalten der Islamhasser-Seite »Politically Incorrect« formuliert wird, passt auf keine Bomberjacke.

Im Zusammenhang mit dem Gejammer über die political correctness fällt auch gerne das Wort »Gutmensch«. Zugegeben: Eine Zeitlang haben auch vernünftige Leute diesen Begriff benutzt, um linksevangelische Heuchelei zu geißeln. Inzwischen ist es aber das Lieblingsschimpfwort von Junge-Freiheit-Redakteuren und NPDlern. Was nicht überrascht, weil es wohl auch Goebbels schon gebrauchte.

Deswegen hat es auch keinen Sinn, mit Doofmenschen, die das Wort »Gutmensch« verwenden, zu diskutieren. Paranoiker sind Argumenten nicht zugänglich. Bleibt eigentlich nur, sie zu hänseln, aber auch da muss man aufpassen. Der Doofmensch ist empfindlich. So traute sich Thilo Sarrazin nach Erscheinen seines Buches »Deutschland schafft sich ab« nur noch mit einem ZDF-Kamerateam nach Kreuzberg, selbstverständlich nicht, um in irgendeine Art von Dialog zu treten, sondern um eine »Ich werde verfolgt«-Doku zu drehen. Aber als »Die Hard«- und Bruce Willis-Fan hätte Herr Sarrazin eigentlich wissen müssen, was passiert, wenn man mit einem »I hate niggers«-Schild durch Harlem läuft.

Interessanterweise passierte aber genau das nicht. Viele Menschen, denen Sarrazin in Kreuzberg begegnet, argumentieren dem erbarmungswürdig stammelnden Misanthropen gegenüber sehr sachlich und klar. Nur zwischendurch wurde der Pöbler ein bisschen angepöbelt. Mehr nicht. Und sofort fordert die Springerpresse, Kreuzberg dürfe nicht zur »No-Go-Area« für Sarrazin werden. Was es aber lustigerweise schon lange ist – durch Sarrazins eigene Entscheidung. Seinen Aussagen zufolge hatte er Kreuzberg zuvor das letzte Mal in den 90er Jahren besucht.

Linden. Eine Sommerliebe

Ode an einen besonderen Stadtteil

SEIEN WIR EHRLICH: HANNOVER hat keinen guten Ruf. Es gilt nicht grade als die sexieste Stadt des Universums. Nichts zum Schwärmen, nichts zum Verlieben, nichts zum Oden singen. Trotzdem habe ich mich verknallt. Nicht direkt in die etwas dröge Tante Hannover, aber dafür in ihre charmante Schmuddelnichte Linden.

Passiert ist es vor gut fünf Jahren. Im Sommer. Und ich muss gestehen, die Liebe hält immer noch an. Nur zur Klärung: Obwohl ich ein extrem emotionales Kerlchen bin, neige ich üblicherweise nicht zu übertrieben emotionsgeladenen Äußerungen. Vielleicht besteht da auch ein Zusammenhang. Der Araber in mir empfindet und fühlt zwar, äußert sich aber selten. Das tut dann sicherheitshalber meine andere Hälfte, der zum Understatement neigende Nordhesse, der dem stoischen Niedersachsen ja nicht unähnlich ist.

Würde ich meinen mediterranen Gefühlen auch äußerlich freien Lauf lassen, müsste ich den ganzen Tag abwechselnd Leute anschreien, umarmen oder herzen, Ohrfeigen verteilen, verstört den Kopf schütteln oder durch die Straßen tanzen. Das wäre mir zu anstrengend. Und zu albern. Und ist als Standardverhalten in unserer Gesellschaft auch nicht unbedingt akzepiert. Deswegen versuche ich, den Emotionsball verbal flach zu halten. Aber manches muss dann doch mal raus.

Wo wir grade bei Geständnissen sind: Bevor ich nach Hannover zog, wohnte ich vierzehn Jahre in Braunschweig. Den Nichtniedersachsen unter meinen Lesern muss ich jetzt erklären, dass Braunschweig und Hannover ein ähnliches Verhältnis haben wie Gelsenkirchen und Dortmund. Auch, aber nicht nur im Fußball. Und obwohl ich aus guten Gründen von Braunschweig nach Hannover zog, hatte ich keine Lust, den Kronzeugen und Verräter im albernen Niedersachsen-Lokalderby zu geben. Es reicht ja, wenn sich die 96- und Eintrachtfans seit Jahrzehnten regelmäßig auf die Fresse hauen. Bei sowas muss man weder praktisch noch theoretisch mitmachen. Also dachte ich: Bloß weil ich aus verschiedenen Gründen nicht mehr in Braunschweig leben wollte, musste ich Hannover ja nicht toll finden. Und schon gar nicht wollte ich mich Hannover an den Hals werfen. Tja, und dann kam Linden, das Luder, und warf sich *mir* an den Hals.

Ich habe mich wirklich widersetzt, habe mich mit Händen und Füßen gewehrt, habe gezischt: »Baby, das wird nix mit uns.« Ich habe klargestellt, dass ich mich nicht verarschen lasse, dass Linden doch nur hilflos versucht, Kreuzberg zu spielen oder die Schanze nachzuäffen, dass ich zu alt für diesen Scheiß bin, für dieses pseudo-südländische Rumgebummel, dieses Späthippie-Getue. Ich wollte als geborener Skeptiker auf Distanz bleiben und nicht auf diesen Ganzjahreskarneval reinfallen. Alles Kokolores. Alles umsonst. Ich bin in die Knie gegangen – und hab mich Hals über Kopf verschossen.

Und nichts konnte bisher meine Verknalltheit in Frage stellen. Weder der sich auf geheimnisvolle Weise selbstreproduzierende Sperrmüll auf der Straße, noch die sorgfältig und nach einem raffinierten Muster verteilten Hundekackhäufchen, auch nicht überflüssige Biosupermarktketten-Filialen oder Schnöselbauprojekte, nicht das allwöchentliche, chaotische Gelbe-Sack-Elend, nach dem jedesmal der Müll durch Lindens Straßen weht wie Tumbleweed durch eine verlassene Westernstadt. Oder das an meinem Fenster vorbeiziehende, breitgekiffte halbstarke Teenie-Partyvolk. Auch nicht die alternativen Alt-Lindener, die rentneresk jammern, früher sei alles besser gewesen in Linden. Und selbst diesem hirnlosen musikalischen Marodeur, der im letzten Sommer direkt hinter unserem Haus mitten in der Nacht (!) Dudelsack (!) spielte, ist es nicht gelungen, mir meine romantischen Gefühle zu vermiesen.

Interessant ist: Meine Liebe zu Linden färbt auch auf den Rest Hannovers ab. Nicht, dass ich jetzt zwingend die Bausünden hinter dem Hauptbahnhof, die Passarelle (die einzige mir bekannte tiefergelegte Fußgängerzone der Welt) oder einen Stadtteil wie Roderbruch toll finde. Aber eine Stadt, in der so etwas wie Linden möglich ist, kann nicht ganz böse sein.

Deswegen lebe ich inzwischen auch recht gerne in Hannover und bewege mich durchaus auch außerhalb meines Stadtteils. Und fairerweise muss man sagen: Linden wäre ohne Hannover ja nicht lebensfähig. Auch wenn Linden früher eine eigene Stadt und dort schon immer »alles anders war«, wie viele nicht müde werden zu betonen, ist der gelegentlich aufflammende Lindener Kommunal-Separatismus und das ahistorische Wichtiggetue mancher seiner Bewohner mehr als albern. Hätte sich die Arbeiterstadt Linden 1920 nicht freiwillig Hannover angeschlossen, wodurch es Teil einer Großstadt wurde, dann wäre es vermutlich nur ein heruntergekommener ehemaliger Industriestandort wie Castrop-Rauxel oder Wanne-Eickel und nicht das, was es heute ist, nämlich das bunte, durchgescheperte, laute, dreckige, lebenslustige Rückzugsghetto für einen in sich sehr heterogenen Menschenschlag, den die Halbmillionenstadt Hannover zwar aufgrund ihrer Größe zwangsläufig produziert, dem sie aber sonst nicht viel anzubieten hat.

Hannover wiederum wäre ohne Linden so etwas wie Bielefeld. Und das ist gar nicht so fies gemeint, wie es klingt. Auch Bielefeld ist okay, ich kenne Menschen, die da ganz gerne leben. Wenn man einen Grund hat, dort zu wohnen, kann man es sich ganz nett einrichten. So wie in

Hannover. Aber Linden kann man eben auch gut finden, ohne dass einen die Lebensumstände gezwungen haben, hier seine Zelte aufschlagen zu müssen. Ich habe immer wieder auswärtige Gäste, die sagen: »Och Gottchen, hier ist es aber nett. Damit haben wir jetzt aber gar nicht gerechnet ...« Und das hat nichts mit Gentrifizierung, einem modischen »Szene«-Hype oder Linden als »Partyzone« zu tun, sondern schlicht mit dem unaufgeregten, pluralistischen und stimmungsaufhellenden Alltag hier.

Man kann im Sommer bei schönem Wetter auf die Limmerstraße gehen – auch ohne dies modisch »limmern« zu nennen – und sich einfach daran freuen, dass man genau zu diesem Zeitpunkt an just diesem Ort ist. Man sitzt wahlweise auf einer Bank, einem Treppchen, in einem vermeintlich oder tatsächlich hippen Café oder in der eher prekären »Backfactory«, sieht das Lindener Panoptikum an sich vorüberziehen und denkt zufrieden: Wer hätte gedacht, dass Niedersachsen, die Heimat Christian Wulffs und Eckhart von Klaedens, so vielfältig sein kann. Man bewundert großflächige, freskenartige Tätowierungen, gewagte Piercing-Experimente, erwachsene Männer in Tretautos mit Hunden auf dem Beifahrersitz, blumengeschmückte Fahrräder, Jesus-Lookalikes, seidenglänzende Jogginganzugskollektionen, gigantische Walrossschnauzbärte, Afro-Mikrofonfrisuren und kuriose Kopfbedeckungen zwischen Religiosität und Exzentrik.

Man kann auch diversen Selbstgesprächen in teils nichtexistenten Sprachen lauschen oder die Auswirkungen von THC und anderer Substanzen auf das Gastronomie-Servicepersonal bestaunen. So wartet man mitunter schon einmal eine halbe Stunde auf sein Heißgetränk oder muss es drei Mal bestellen, weil man von der selig grinsenden männlichen Bedienung drei Mal freundlich gefragt wird, ob man schon bestellt hat. Aber hey: Wenn ich schnell einen Kaffee will, trink ich ihn zuhause. Wenn ich rausgehe, möchte ich etwas geboten bekommen. Lindener Alltags-Entertainment.

Wobei zwischen den ganzen Künstlern, Irren, Exzentrikern, Multikulturalisten und verstrahlten, dreadlockigen, veganen Studenten und -innen ja erstaunlich viele »Normalos« jedes Aggregatzustands und Milieus leben, die aber in Linden offensichtlich auch gut klarkommen. Aber vielleicht ist der Normalo auch gar nicht normal beziehungsweise wird sich durch das kuriose Umfeld seiner eigenen Besonderheit bewusst. Und fügt sich so wunderbar ins Geschehen ein. Ganz im Sinne Rio Reisers: »Ich bin anders, weil ich wie alle bin und weil alle anders sind.«

Das »Besondere« und »Andere« an Linden und den Lindenern ist ja nicht, dass sich hier alle lieb haben, kein Multikulti-Eiapopeia, kein gruppenübergreifendes Händchenhalten, sondern dass die Menschen, die hier wohnen, offensichtlich absichtlich hier wohnen. Die wollen hier sein. Freiwillig.

Und deswegen lassen sie sich auch in der Regel gegenseitig in Ruhe, was eine große Qualität darstellt. Manche sind sich dieser Qualität nicht einmal bewusst und besitzen sie trotzdem.

Neulich regte sich mal wieder ein »gebürtiger Lindener« – wie er betonte, wohlgemerkt aus dem alternativen Milieu – mir gegenüber auf, dass es hier schon lange nicht mehr so wäre wie einst. Es handelt sich dabei nicht um eine Klage über die Gentrifizierung, ganz im Gegenteil. Ihm gingen eher die Umsonst-Ritter und Tagesfreizeitaktivisten auf die Nerven. Und der Dreck nach dem 1. Mai. Nun habe ich noch in den 70ern und 80ern gelernt, was man in Deutschland sagt, wenn sich jemand über die hiesigen Verhältnisse beschwert. Ich sagte also: »Geh doch nach drüben!«, und meinte damit die List, die Südstadt oder andere Gegenden in Hannover, wo es sich sicher ruhiger leben lässt, die Straßen sauberer sind und nicht so viele Leute mit Bierflasche in der Hand als Ausgeh-Accessoire herumlaufen. Mein Gesprächspartner schaute mich verstört an. Er sagte, ja, er hätte schon mal über die Nordstadt nachgedacht, aber irgendwie ... Und ich spürte, dass er eigentlich meinte: »Was soll ich denn woanders?«

Klar war: Da bleibt er doch lieber hier und meckert ab und zu vor sich hin. Denn natürlich lässt er die Leute, die ihm anscheinend so auf die Nerven gehen, ansonsten auch in Ruhe. Weil sich das einfach so gehört. Das Lindender Credo lautet: Man kann alle doof finden, aber solange niemand direkt in mein Leben eingreift, greife ich auch nicht in andere Leben ein. Und das ist tatsächlich eine erstaunlich urbane, großstädtische Haltung.

Dafür und deswegen habe ich mich in Linden verknallt. Kurzzeitig dachte ich, ich müsse meine Geliebte verlassen. Nachdem mir vor einiger Zeit eine Kündigung ins Haus flatterte, hatte ich erfolglos nach einer neuen Wohnung in Linden gesucht. Und nichts gefunden. Linden war es wohl egal, diesem promisken Flittchen. Die hat ja viele andere. Nur mir hätte es wehgetan. Aber kurz bevor ich einen Mietvertrag für die Nordstadt unterschreiben wollte, fand sich doch noch was. Also machen wir weiter miteinander rum. Noch sind wir übrigens beim Knutschen. Bald kommt Petting. Ich freu mich schon.

Zu fett für Fair Trade

JE OFFENSICHTLICHER ES WIRD, dass Politik nicht von Politikern gemacht wird, noch nicht einmal von einzelnen fetten Wirtschaftsbossen mit Zigarre und Melone auf dem Kopf (wie sie gerne auf Karikaturen aus den Zwanzigern dargestellt wurden), sondern von den ominösen, unfassbaren »Finanzmärkten«, desto lustloser wird man und gibt sich dem Modesport »Politikverdrossenheit« hin. Irgendeiner von diesen Zumutungen, die sich da einem als »Parteien« vorstellen, seine Stimme zu geben, erscheint zusehends sinnloser.

Wenn man zum Beispiel keine verlogenen Kriege führen will und meint, dass eine etwas fairere Gesellschaft und mehr demokratische Beteiligung doch möglich sein müsste – dann wählt man eine von den Parteien aus dem vermeintlich linksliberalen Spektrum, nur um hinterher festzustellen, dass auch die, kaum sind sie an der Macht, Soldaten in Kriegseinsätze schicken, Sozialkürzungen vorantreiben, irre unterirdische Maulwurfsbahnhöfe bauen oder die Idee einer gerechten Schule für alle schnell mal wieder kippen – weil die Sachzwänge und Bündnisverpflichtungen das angeblich so verlangen oder weil sie Angst vor ihren eigenen Bildungsbürger-Wählern haben, die ihre Kinder nun mal auf Gymnasien schicken wollen, weil sie selbst ihr lächerliches bisschen Bildung da erworben haben.

Will man aber trotzdem politisch nicht aufgeben, stellt sich die Frage: Was tun? Wenn der Kapitalismus die Menschen nur als Konsumenten ernst nimmt, muss man eben als Konsument politisch agieren. Das heißt: keinen

Scheißdreck mehr kaufen, der die Natur kaputt macht, Menschen ausbeutet oder die Infrastruktur von kleinen Läden um die Ecke zerstört. Also auf Ökostrom umstellen, beim inhabergeführten Bioladen oder beim Tante-Emma-Türken kaufen, beim richtigen Bäcker statt in der »Back-Factory« etc. pp.

Man muss ja nicht gleich zum Komplett-Ghandi werden, aber wenn man ein bisschen drauf achtet, geht in der Regel eher mehr als weniger. Und wer jetzt behauptet, dass könnten doch nur die wohlhabenden Gutmenschen, ist in der Regel ein wohlhabender Doofmensch: Keiner nimmt einem Harz-IV-Empfänger das Einkaufen beim Discounter übel, aber die Hälfte der Gesellschaft, die ordentlich verdient, könnte schon einiges erreichen, wenn sie auf ökologische und soziale Mindeststandards beim Konsumieren achten würde. Das wäre doch mal ein Elite-Begriff, der einen Sinn hätte.

Soweit die Theorie und die etwas zu lange Einleitung für meine im Titel schon angedeutete Wehklage. Werden wir konkret: Da ich aus oben erwähnten Gründen keine Lust mehr habe, Klamotten zu tragen, die von grotesk unterbezahlten Menschen unter gesundheits- und umweltschädlichen Bedingungen in Zwölf- bis Sechzehnstunden-Schichten hergestellt werden, dachte ich mir: Kaufste mal Fair-Trade-Kleidung.

Die gute Nachricht ist: Da gibt es inzwischen eine ganze Menge hübscher Dinge. Und wenig davon sieht aus, als müsse man sich beim Kauf zu einem afrikanischen Trommelkurs oder einem Tantra-Wochenende verpflichten. Jetzt aber zum Elend: Okay, ich gebe zu, ich bin nicht der Allerschlankeste (zumindest zur Zeit nicht, die Hoffnung stirbt bekanntlich zuletzt), aber es kann doch nicht sein, dass es fast unmöglich ist, eine Fair-Trade-Hose oder einen Fair-Trade-Kapuzenpulli (unter uns Berufsjugendlichen »Hoodie« genannt) zu bekommen, die/der einem leicht amöbigen Mittelmops wie mir passen. Normalerweise kann ich mich sogar in »L« grade noch so

– mit ein bisschen Baucheinziehen – hineinmorphen, aber spätestens in handelsüblicher »XL«-Kleidung kann ich entspannt durchatmen, mich bücken, Ausdruckstanz betreiben; ich könnte sogar noch wärmende Ski-Unterwäsche drunter ziehen, wenn ich sowas besäße. Nicht so bei Fair Trade.

Oft gibt es es gar kein »XL«, und wenn man dann aus Verlegenheit »L« anprobiert, fragt man sich, ob Fair Trade nur etwas für bulimische Teenie-Topmodel ist. Aber selbst, wenn es »XL« gibt, passe ich nicht hinein. Bei einem Bremer Fair-Trade-Versand bestellte ich einen todschicken Hipster-Hoodie doppelt, einmal in »XL« und einmal in »XXL«, in der Hoffnung, dass mir wenigstens die vermeintliche Reiner-Calmund-Größe passen könnte. Was soll ich sagen: XL war perfekt für meine schlanke, großgewachsene vierzehnjährige Tochter, ich aber sah in »XXL« aus wie Peter Altmann im Gymnastikanzug.

Liebe politisch korrekte Textilhändler: Habt ihr sie eigentlich noch alle? Wollt ihr mich bewusst demütigen? Gelte ich mit meinen dezenten Rettungsringen bei Euch schon als nicht einkleidbare Speckwurst? Bin ich wirklich zu fett für Fair Trade? Ich bitte um eine nicht verletzende Antwort ...

Deutschland.
Ein Hitlermärchen

EIN FREUND ERKLÄRTE MIR NEULICH, nun sei er soweit, sich »Deutschland. Ein Sommermärchen« von Sönke Wortmann anzutun. Denn erst jetzt, mit dem Abstand von mehreren Jahren, könne man das groteske Propaganda-Machwerk über die Bundesjugendspiele 2006 endlich mit Humor würdigen, weil sich der nationalbuddhistische Messias Klinsmann auch in der öffentlichen Reflektion wieder in den kieksenden, schwäbischen Hanswurst zurückverwandelt habe, der er schon immer gewesen sei. Da gelte nach wie vor das Woody-Allen-Diktum »Komödie ist Tragödie plus Zeit«. In diesem Sinne verspreche das Elend der klinsmännischen Existenz inzwischen einen hysterisch-komischen Fernsehabend.

Das fand ich einleuchtend. Es gibt nun mal Dinge, die man in dem Moment, in dem sie passieren, ignorieren muss. Sowohl aus politischen wie aus ästhetisch-moralischen Gründen; und weil die Mainstream-Reaktion darauf so bescheuert, aber einfach zu dominant ist, um gegen sie anzukommen. Widmet man sich diesen Phänomenen jedoch später, sieht es oft ganz anders aus. Mitunter können sie einem dann sogar viel Freude bereiten.

So auch »Der Untergang« von Oliver Hirschbiegel. Sechs lange Jahre bin ich dem Film geschickt aus dem Weg gegangen, weil mir die Grundidee, »Hitler als Mensch« zu präsentieren, schon immer rätselhaft, suspekt und hochgradig ekelhaft erschienen war. Und atemberaubend überflüssig: Selbstverständlich war Hitler ein Mensch – und kein Frettchen oder probiotischer Fruchtjoghurt, aber was hat man von dieser Erkenntnis? Genauso abschreckend wie die »Der Führer als Mensch«-Prämisse des Films waren jedoch die klischeeschauspielerdoofen Interviews, die damals aus dem Hauptdarsteller Bruno Ganz heraussuppten.

Am verstörendsten für mich waren jedoch die Rezensionen, die den »Untergang« wahlweise positiv als das politische Bewusstsein erweiternd beschrieben oder negativ als raffinierte Geschichtsklitterung. Auf alle Fälle nahmen die Kritiker den Film tatsächlich ernst! So oder so. Zu allem Überfluss wurde der Hitler-Quatsch dann auch noch für den Oskar nominiert! Spätestens hier war mir klar, sowas kann und darf man sich nicht anschauen.

Inzwischen sieht das alles anders aus. Niemand interessiert sich mehr für den »Untergang«. Er wird dafür benutzt, Lücken im nächtlichen Fernsehprogramm zu stopfen (dafür wurde der Film sogar von ursprünglich 150 auf 175 Minuten verlängert) oder er wird auf YouTube parodiert.

Deswegen – und weil ich zu faul war, aufzustehen und meine Fernbedienung zu suchen – zappte ich jetzt einfach mal nicht weg. Und was soll ich sagen? Selten habe ich so herzhaft gelacht und mich rundum bestätigt gefühlt. Es handelt sich wirklich um den schlechtesten Film aller Zeiten – von »Die Unberührbare« mit Hannelore Elsner mal abgesehen.

Aber Respekt: Die Figuren-Darstellungen, nicht nur von Onkel Adolf, sind tatsächlich so naiv »menschlich« geraten, dass man sich dauernd bei Gedanken ertappt wie: »Och Menno, der arme Hitler, dass der auch so schlimm Parkinson haben muss!« Oder am Schluss, wenn nichts mehr geht – und man ja sowieso weiß, dass das Ganze böse endet –, bangt man trotzdem, wie in jedem anderen emotionsgeladenen Filmschinken, mit den Hauptfiguren und drückt ihnen unwillkürlich die Daumen: »Vielleicht schaffen sie es ja doch noch und kommen irgendwie alle heil aus dem Bunker raus.« Schließlich hat man ja fast drei Stunden mit ihnen verbracht und sie doch a bisserl lieb gewonnen ...

Nur eins beziehungsweise einen habe ich vermisst: Götz George. Der hätte in diesem Deutschstar-Aufgebot von Bruno Ganz über Corinna Harfouch und Heino Ferch bis Juliane Köhler eigentlich nicht fehlen dürfen. Aber unter Hitler himself hätte es George vermutlich nicht gemacht. Irgend so einen popeligen SS-Mann geben zu müssen, wäre für George wahrscheinlich ebenso demütigend gewesen wie die Situation damals in Jugoslawien, als er im »Schatz im Silbersee« nicht Old Shatterhand spielen durfte, sondern eine Figur namens »Fred Engel«, an die sich heute zu Recht niemand mehr erinnert.

George wäre allerdings auch ein großartiger Stalin, Herr Hirschbiegel, nur mal so als Idee. Wenn Sie den Film jetzt drehen, würde ich ihn mir in zwanzig Jahren glatt ankucken, versprochen!

PS: Um Götz George zu demütigen, könnte man den großen Sowjetführer allerdings auch mit Mario Adorf besetzen. Der würde schnauzbartmäßig ebenfalls sehr gut passen ...

Revolverhelden auf Klassenfahrt

VOR EINIGEN JAHREN HATTE ICH einmal das zweifelhafte Vergnügen, als Vorband für eine Teenie-Pop-Kapelle namens »Revolverheld« gebucht zu werden, in meiner Funktion als Akustik-Gitarrist und Teilzeit-Banjoist der semi-ironischen Countryband »The Twang«. Der Spaß bei »The Twang« besteht unter anderem darin, dass wir Pop- und Rocksongs von so unterschiedlichen Künstlern wie AC/DC, Adele oder Deichkind durch unseren Countryfizierer drehen und in pedalsteelgitarrenwimmernde, banjopuckernde Wüstenhits verwandeln. Alles in allem ein vielleicht schlichtes, aber dafür auch sehr unprätentiöses und unschuldiges Vergnügen.

Das Management von »Revolverheld« hatte uns aber aus einem anderen Grund gebucht: Ihre Teenie-Popper hießen irgendwas mit »Revolver«, also buchten sie für vorneweg ein paar Cowboys. Egal, ob das Publikum damit was anfangen konnte oder nicht. So weit, so witzig.

Uns war das, ehrlich gesagt, vollkommen wurscht. Wir spielen vor fast jedem Publikum, wenn es nicht grade ein NPD-Parteitag oder eine Satanisten-Convention ist. Schließlich hat man ja einen Bildungsauftrag.

Diesmal also Teenies, die meist noch gar keine Teenies waren. Das Publikum von Teeniebands ist heutzutage ja in der Regel zwischen 9 und 12. Als wir vor der »Location« ankamen, wurden wir auch schon von den grade erst schulpflichtigen Fans von »Revolverheld« erwartet. Das Öffnen der Schiebetür unseres VW-Sprinters wurde mit einem vielkehligen Kreischen kommentiert, das urplötzlich verstummte, als die Krabbelstubenkinder in unsere verwitterten Gesichter blickten.

»Wo sind denn Revolverheld?«, fragte ihre Anführerin an ihrem Schnuller vorbei.

Wir zeigten in irgendeine Richtung und logen: »Die schummeln sich grade durch den Hintereingang rein.«

Da wir grade erst angekommen waren, hatten wir noch gar nicht überprüft, ob ein Hintereingang überhaupt existierte. Die Fans stürmten trotzdem davon. Dadurch bekamen wir immerhin die Möglichkeit, unser Equipment auszuladen, ohne dabei Kinder schubsen zu müssen.

Dabei fiel mir die Geschichte eines Bekannten ein, der in der Dortmunder Westfalenhalle arbeitet und erzählte, dass sich die Mädchen bei den Konzerten der internationalen Teenie-Stars mit Inkontinenz-Windeln ausrüsten, damit sie ihren durch stundenlanges Anstehen ergatterten Platz vor der Bühne nicht durch einen Toilettengang verlieren. Angesichts solcher Infos beginnt man an der Heiligkeit der Populärkultur zu zweifeln ...

Nach dem Soundcheck aßen wir im Backstagebereich erfreulich lecker belegte Brötchen. Plötzlich statteten uns die Headliner des Abends einen Anstandsbesuch ab.

Die damals noch sehr jungen Burschen (wie gesagt, es ist einige Jahre her, inzwischen dürfen sie wohl auch schon Mofa fahren) versuchten freundlich zu sein, aber unsere Welten waren einfach inkompatibel. Üblicherweise sind die Vorbands von »Revolverheld« wohl noch jünger als sie selbst und wollen dorthin, wo »Revolverheld« gerade ist. Wir aber waren zwischen 10 und 15 Jahre älter und machten ohne Ehrgeiz, aus purem Spaß Musik, noch dazu mit einer gewissen humoristischen Distanz. Niemand von uns muss mit Musik sein Geld verdienen oder will damit berühmt werden.

Nachdem die kleinen Popstars uns also ein paar nett gemeinte, aber doch irgendwie herablassende Tipps zum Umgang mit dem Publikum gegeben hatten, erzählten sie noch, dass sie am Nachmittag schwimmen gewesen seien. Einfach so, ohne dass es im »schedule« gestanden habe und ohne das Management zu informieren. Spontan und heimlich. Und darauf schienen sie sehr stolz zu sein. Allerdings habe es hinterher etwas Ärger gegeben ...

Plötzlich fühlten wir uns genötigt, den Jungs zu sagen, dass das okay ist. Dass man sich nicht alles vorschreiben lassen darf, dass man auch ruhig mal widersprechen darf, zur Not müssten sie eben den Vertrauenslehrer oder die SV einschalten. Zumindest klang es wohl so. Alles in allem ein verstörendes Gespräch.

Trotzdem gelang es uns, das Publikum angemessen zu unterhalten, obwohl dieses nicht im geringsten kapierte, was wir da taten. Nach einem albernen Winnetou-Faust-aufs-Herz-Ritual mit ihrem Manager bestiegen schließlich die »Revolverhelden« die Bühne, begannen jedes Lied mit einem kurzen Grunge-Gekrache, um es dann für den Strophen-Gesang in die typische deutsche Schlagerpopmatsche à la SilbermondJuliLuxuslärm abrutschen zu lassen.

Bei der Abfahrt wurden wir wieder von kleinen Mädchen umringt, aber nur weil sie wissen wollten, in welchem Hotel ihre Götter abgestiegen waren. Wir sagten: »Im Holiday Inn«. Eine Aussage, die erneut zwischen Vermutung und Lüge oszillierte. Denn natürlich wussten wir nicht einmal, ob es in der Stadt ein »Holiday Inn« gab.

Als wir durch die Menge der kreischende Minderjährigen fuhren, die zum Teil noch ihre am Merchandise-Stand erworbenen, ihrem Alter unangemessenen Tangas mit Revolveraufdruck in den Händen hielten, dachten wir: Gut, dass wir, wenn schon nichts vernünftiges, so doch immerhin etwas anderes gelernt hatten als Popstar.

Howard X und die schwarze Macht des ZDF

VOR UND KURZ NACH SEINER WAHL sahen wir Europäer Barack Obama als links-liberalen Messias, als eine Mischung aus Kennedy, Willy Brandt, Olof Palme und Che Guevara. Aber schon in der ersten Amtszeit wurde klar: Auch er wird Guantanamo nicht auflösen, weiter sinnlose Kriege führen und gnadenlos die Interessen der großen amerikanischen Konzerne vertreten. Als er dann quasi persönlich Angela Merkels Handy abhörte, war die Liebe endgültig enttäuscht. Das Ausmaß der Enttäuschung kann man aber nur verstehen, wenn man die vorangegangene, maßlose Verehrung genauer betrachtet.

Ich kann mich zum Beispiel nicht erinnern, dass es vorher jemals einen deutschen Schlager über einen amerikanischen Präsidenten gegeben hätte. Mal abgesehen vom Abrüstungsschunkler »Sonne statt Reagan« von Joseph Beuys: »Aus dem Land / Das sich selbst zerstört / Und uns den »way of life« diktiert / Da kommt Reagan und bringt Waffen und Tod«. Nun gut, Beuys wurde ja auch nicht als Singer-Songwriter auf die Documenta eingeladen.

An Barack Obama allerdings gibt es eine Ode von einem unserer ganz großen Musikschaffenden: Howard Carpendale. Rätselhafterweise wurde das Lied kein Hit. Auch ich hätte es fast nicht wahr genommen. Glücklicherweise aber neige ich manchmal zu unkontrolliertem TV-Genuss, und so zappte ich mich im Dezember 2008 desorientiert in Carmen Nebels ZDF-Weihnachtsshow, wo ich Carpendale nachdenklich auf einem Barhocker sitzen sah. Und Musik hob an. Schon in diesem Moment spürte ich, dass gleich etwas Besonderes passieren würde.

Carpendale nennt seinen Sound in Interviews gerne »internationale Popmusik«, wir anderen, die wir nicht in Howies kleiner Parallelwelt leben, nehmen den Klang anders war: Es ist eine erbsensuppige, urdeutsche 80er-Jahre-Geräusch-Matschepampe. Wenn man ganz still ist und sich mit einer superheldenartigen Energie konzentriert, glaubt man zwar mitunter, echte Musikanteile heraushören zu können, die aber so verkocht und mit dem ESGE-Zauberstab püriert wurden, dass nur noch Moleküle davon übrig geblieben sind.

Das Intro des Songs wurde von einer jungschnatzigen, durchschnittsattraktiven Mietmusikerin gespielt, die in einem schulterfreien Abendkleid am Flügel saß und so einen schönen Gegensatz zum verlebten, bernhardinergesichtigen Carpendale bildete, der das Lied gesanglich mit folgenden Worten eröffnete: »Ich kenn ihn aus dem Fernsehen / Seit über einem Jahr / Am Anfang war ich skeptisch / Doch am Ende war mir klar / Wenn einer etwas ändert / Dann ist es sicher er ...« Und spätestens jetzt wusste ich, worum es ging, und hatte Angst vor jeder weiteren Zeile. Das konnte der doch nicht wirklich ernst meinen. Aber Howie kannte keine Gnade: »Und ich hätt auch mitgeschrien / Wenn ich dabei gewesen wär: Yes we can!«

Oh mein Gott! Howard Carpendale, der weiße Bub aus dem chemaligen Rassistenland Südafrika, versuchte hier offensichtlich, ein Lebenstrauma aufzuarbeiten. Selbstverständlich stammt der Text dieser »Hymne der Superlative im orchestralen Soundgewand« (Presseinfo) nicht von Carpendale selbst, sondern von seinem »Freund und Texter« Joachim Horn-Bernges, auch »liebevoll Knibbel genannt« (Carpendale-Fan-Seite), der den Song allerdings auf Carpendales Aufforderung hin schrieb. Dazu Carpendale: »Ich habe in letzter Zeit mit vielen Freunden in Deutschland gesprochen und konnte die negative

Stimmung nur noch schwer ertragen. Also habe ich Joachim angerufen und ihm gesagt, wir brauchen für die Weihnachtstour noch einen Song, der nach vorne geht, der den Menschen in dieser schweren und unsicheren Zeit wieder Mut macht. Ich sagte ihm einfach ›Yes We Can‹ und der Song war geboren.« Und so textete Knibbel, von Howie aufgepeitscht, gehorsam und vollrohr nach vorne: »Es war die Nacht der Nächte / Und ich war bis morgens wach / Und ich wünschte mir nichts mehr / als dass dieser schwarze Mann es schafft ...«

In Carmen Nebels Fernsehshow kam dann passend zu dieser Textzeile der schwarze Mann ins Bild beziehungsweise eine Gruppe schwarzer Menschen, die man für die Fernsehkamera in wallende Gospelkostüme gesteckt hatte. Um das Wohlwollen des weißen Mannes am Mikrofon zu illustrieren, mussten die Chormitglieder dann im Refrain »Yes we can« playbacken und dazu ihre Fäuste in die Luft recken, wie dereinst die schwarzen Lauf-Helden Tommie Smith und John Carlos bei der Olympiade in Mexiko.

Zum großen Finale dieses verstörenden Black-Power-Mini-Musicals ließ der Regisseur den Chor dann auch noch nach vorne zum Bühnenrand stampfen als befänden sie sich auf dem Marsch nach Washington. Und Howard Luther King hob an zur Moral des Songs: »Schreibt es groß auf Häuserwände / Malt die Straßen damit voll...« Ja, was denn, womit denn? Keine Macht für Niemand? Neue Männer braucht das Land? Nein: »Wir können alles, wenn wir's woll'n«. Wer würde da widersprechen wollen? Selbstverständlich können wir alles! Sogar einen FDP-Schlager über Obama schreiben, damit im Fernsehen auftreten und im Hintergrund einen Gospelchor als Schmonzettenhopse missbrauchen. Man muss nur abgefuckt genug sein. Es bleibt zu hoffen, dass Obama wenigstens auch Carpendales Erwartungen enttäuscht hat. Das wäre immerhin etwas.

Aus Sparschweinchens Oktavheft

ALS FREISCHAFFENDER KÜNSTLER hat man ständig Angst vor dem Verarmen. Immer, wenn ich einen Obdachlosen sehe, denke ich: So könntest du auch mal enden. Und das ist kein Spaß. Deswegen werfe ich auch jedem Bettler etwas in den Plastikkaffeebecher. Und das, obwohl ich zur extremen Sparsamkeit erzogen worden bin. Diese Knauser-Erziehung wiederum bewahrt mich davor, permanent panisch zu sein, weil ich weiß, dass ich zur Not auch mit wenig auskomme.

Ich bin nämlich ein Kriegskind. Nicht wirklich, also alterstechnisch, sondern in der Generationenfolge. Da meine Mutter 1924 geboren wurde, hätte ich theoretisch auch 1942 auf die Welt kommen können. Praktisch erblickte ich aber erst 1964 das Licht der Welt, weil sich meine Eltern im hohen Alter dann doch noch einmal zum Geschlechtsverkehr entschlossen. Ich hoffe, sie taten es nicht nur um meiner Willen, sondern hatten auch ein wenig Spaß dabei.

So wurde ich aber quasi von der Generation der Großeltern meiner Schulkameraden aufgezogen. Einer Generation, die noch von den harten Entbehrungen des Krieges und der Nachkriegszeit geprägt war und diese Erfahrungen an ihre Kinder weitergab.

Während meine Altersgenossen Tri-Top tranken, Kinderschokolade mampften, kaputtes Spielzeug einfach wegschmissen und im Sommer auf dem Rücksitz des neuen VW-Jahreswagens nach Italien in den Urlaub fuhren, sahen meine 60er- und 70er-Jahre folgendermaßen aus: Schimmel wurde einfach vom Brot weggeschnitten oder von der Marmelade abgelöffelt und dann: rein mit dem Zeugs! Alte Seifenreste sammelte meine Mutter mit der Passion eines manischen Eichhörnchens und presste sie unter Hochdruck zu neuen kunterbunten und olfaktorisch verwirrenden Patchwork-Waschklötzen. Restaurants und selbst Stehimbisse kannte ich nur von außen oder aus dem Fernsehen. Wenn unsereins aus dem Haus ging und befürchtete, von Hunger und Durst überrascht zu werden, dann hatte man gefälligst eine Schmalzstulle und eine Thermoskanne mit ungesüßtem Hagebuttentee mitzuführen.

Ach, und »UHU« war für mich ein Begriff aus der Ornithologie – für Bastelarbeiten, zum Papierkleben rührte ich in einem ausgewaschenen Joghurtbecher (»ohne Geschmack«!) ein wenig Mehl mit Wasser an.

So nützlich solche Low-Budget-Erfahrungen letztlich sind, um die irrationale Angst vorm Verhungern zu vertreiben, so schwierig machen sie aber auch oft den Alltag. Eine Zeitlang musste ich aktiv gegen die Unfähigkeit, Dinge wegzuschmeißen, angehen. Ich bin nämlich nicht nur sparsam – ich bin leider auch eine Schlampe. Und diese fatale Kombination kann schnell zum Messietum eskalieren. Deswegen schmeiße ich neuerdings alles weg, was ich nicht innerhalb des nächsten Monats gebrauchen kann.

Na ja ... das würde ich gerne ... Aber schon das Formulieren einer solch radikalen Ausmist-Haltung macht frei und gibt Mut für den nächsten beherzten Wegschmiss. Genauso wie vollkommen haltlose öffentliche Geständnisse.

So behauptete ich vor einiger Zeit in einer Kolumne, dass ich alle Teebeutel sieben bis neun Mal benutze, um sie anschließend auf der Wäscheleine zu trocknen, mit einem Überzug aus den Resten dünngeschneuzter Stoff-Taschentücher zu versehen und als Federdeckchen für die Playmobilfiguren meiner Tochter zu verwenden. Meine

Tochter schüttelte nur den Kopf über diesen Unsinn. Vor allem, weil sie nie Playmobilfiguren besaß. Die sind nämlich zu teuer. Nein, war nur Quatsch, natürlich hatte sie Playmo, so schlimm bin ich nun auch wieder nicht.

Interessant ist allerdings, dass das Thema Sparsamkeit eine sehr widersprüchliche gesellschaftliche Komponente hat: Einerseits funktioniert unser Wirtschaftssystem nur durch hemmungslosen Konsum, das heißt, indem der Bürger das verdiente Geld augenblicklich mit schaufelbaggerartigen Gesten zurück in den Umlauf bringt. Sonst schwächelt die Konjunktur, die Wirtschaft krankt. Folge: Verlust des Wohlstands, gesellschaftliche Destabilisierung, Abendland kopfunter! Asketischer Lebenswandel ist somit Subversion, Sparsamkeit ist Sabotage. Andererseits verherrlichen die gleichen Politiker, die mich zum Konsumieren auffordern, den öffentlichen Geiz. Dann heißt es, der Staat müsse sparen, vorzugsweise an der Kultur und am Sozialen. Da meine Einnahmen als Künstler allerdings oft von genau diesen weggesparten Subventionen abhängen, katapultieren sie mich damit in ein klassisches Dilemma. Was soll ich denn dann ausgeben? Das soll mal einer verstehen. Da presse ich doch gleich wieder revolutionäre Seifenklötzchen.

Backen mit Blutfett

AM ENDE DES LETZTEN JAHRTAUSENDS veranstaltete ich im niedersächsischen Universitätsstädtchen Hildesheim mehrere Jahre lang einen Literaturwettbewerb, den »Ochtersumer Literaturpreis«. Ochtersum ist ein dörflicher Stadtteil von Hildesheim, in dem ich damals wohnte. In der ehemaligen Knechtwohnung eines großen Bauernhofes. Sachen macht man manchmal ...

Egal, der Literaturpreis war postmodern angelegt, irgendwo zwischen Parodie und ernst gemeint. Wir hatten echte Sponsoren, die bescheidene Geld- und Buchpreise stifteten, wir veranstalteten sogar richtige Preisverleihungen. Vielleicht auch nur Parodien von Preisverleihungen, unter anderem im Stadttheater – mit Lesungen der prämierten Texte und Wichtig-Wichtig-Popichtig-Kulturprogramm. Ich erinnere mich unter anderem an Streicherensembles mit Zwölftonmusik, pathosgeschwängerte Chanson-Darbietungen und furchtbar schlechte Betroffenheits-Liedermacher ... Also eigentlich alles tofte.

Am Ende der Veranstaltung gab's fürs Publikum Häppchen (halbe hartgekochte Eier mit Remoulade und falschem Kaviar) und für jeden Zuschauer ein Buch zum Mitnehmen. Das konnte man sich aus einer Grabbelkiste fischen, in der alle Bücher lagen, die dem örtlichen Stadtmagazin – mit dem ich den Wettbewerb veranstaltete – im Laufe des vergangenen Jahres von den PR-Abteilungen der Verlage zur Besprechung zugeschickt worden waren.

Die meisten Bücher kamen übrigens von Bastei-Lübbe oder Heyne. Keine Ahnung wie die darauf kamen, dass wir nichts besseres zu tun hatten, als regelmäßig und andauernd die Neuerscheinungen von zwar großen, aber doch eher mäßig beleumundeten Verlagen zu besprechen. Unser Publikum nahm die Geschenke, meist obskure Lebens-Ratgeber, freudig an. Einmal allerdings blieb ein Buch in der Kiste zurück. Mehr aus Mitleid denn aus Interesse steckte ich es selbst ein. Nicht ahnend, wie lieb und teuer dieses Werk mir noch werden würde.

Es hieß »Cholesterinarm backen« von Ingrid Malhotra (Heyne 1994, DM 12,90) und zunächst wusste ich nicht, was ich damit anfangen sollte. Ich wollte ja gar nicht cholesterinarm backen. Weil ich mir nicht vorstellen konnte, dass cholesterinarm Gebackenes auch nur andeutungsweise schmecken könnte. Das klang für mich wie alkoholfreies Bier, nikotinfreie Zigaretten oder Rockmusik ohne E-Gitarren. Alles möglich, aber nicht wirklich reizvoll. Da lasse ich die entsprechende Sache doch lieber gleich ganz.

Irgendwann aber, vielleicht ein oder zwei Jahre später, war ich in der Verlegenheit, für eine Feier einen Kuchen backen zu müssen. Ein Käsekuchen sollte es sein, ich aber besaß kein Käsekuchenrezept. Und damals auch noch keinen Internetzugang. Ja, so lange ist das her. Aber, so fiel mir plötzlich ein, ich hatte doch ein Buch mit Backrezepten! Wenn auch für Backwaren mit zweifelhaften Surrogatzutaten. Ich nahm es zur Hand, suchte eine Anleitung zur Herstellung eines Käsekuchens, fand sie (unter dem Namen »Elsässer Quarktorte«), las mir die Zutatenliste durch – und kam augenblicklich auf eine glor- und folgenreiche Idee: Wie wäre es, wenn ich konsequent und gnadenlos alle cholesterinarme Zutaten durch cholesterinreiche Zutaten ersetzte? Also Becel-Margarine durch eine ordentliche Menge guter Süßrahm-Butter, die Becel-Kaffeesahne durch einen Becher Schlagsahne und den angeblich im Reformhaus zu erwerbenden Ei-Ersatz für insgesamt fünf Eier durch, logo, fünf echte Eier.

Ansonsten hielt ich mich beim Backen strikt an die Angaben. Und was soll ich sagen: Die Elsässer Quarktorte wurde großartig. Atemberaubend schmackhaft, in Form und Konsistenz maßstabsetzend und vor allem: Sie wurde mein Back-Trademark.

Inzwischen habe ich sie sicher über hundert Mal gebacken, sie gelingt immer, sie schmeckt immer, erfreut jeden Gast, macht Frauen gefügig, lässt Schwiegermütter dahinschmelzen, Kinderherzen höherschlagen und Russen Kasatschok tanzen. Inzwischen wird sie in meiner Familie schon in der zweiten Generation gebacken.

Als meine Tochter kürzlich ihr mehrtägiges schulisches Sozialpraktikum in einem Kindergarten beendete, schenkte sie den Kindern und Erziehern zum Abschied eine selbstständig und ohne Hilfe hergestellte und vor allem ordentlich cholesterinreiche »Elsässer Quarktorte«. Und wurde dafür mit stehenden Ovationen gefeiert.

So, und wer mir jetzt noch erzählt, was man aus dieser Geschichte lernen kann, außer dass Flexibilität immer von Vorteil ist, bekommt von mir das Rezept der Quarktorte als pdf zugeschickt oder – falls ich super drauf bin – sogar die Torte selbst, die natürlich nicht als pdf, sondern in echt. Mal kucken.

Das Laberstromnetz

BEVOR MICH JEMAND ALTKLUG ANRAUNZT: »Ja, dann meld dich doch ab!«, erkläre ich hiermit an Eides statt, dass ich genau das tun werde. Demnächst. Oder vielleicht doch nicht. Mal kucken. Schließlich ist es ja so: Wenn man eine Haltung zum Geruckel des Weltenlaufes entwickeln will, kann man nicht immer abseits stehn, sondern muss sich mitunter auch mit wackeligen Knien mitten hinein begeben. Oder wie es im Sportreportersprech heißt: »Man muss dahin gehen, wo es weh tut!« Zum Beispiel in die sogenannten »sozialen« Netzwerke.

Da ich damals schon zu alt für Studi-, Schüler-, KiTa- und Krabbelgruppen-VZ war, begann für mich alles mit MySpace. Das gehörte damals zwar dem reaktionären Super-Kapitalisten Rupert Murdoch – einer Art australisch-amerikanischem Axel Springer, nur leider in lebendig –, hatte aber für mich einen großen Vorteil gegenüber den Mitbewerbern, nämlich einen veritablen Inhalt.

Bei MySpace ging es eine Zeitlang hauptsächlich um Musik. Man konnte sich von einer Bandseite auf die nächste klicken, skurrile Indie-Folk-Blues-Garagenbeat-Bands aus Minnesota, Rio, Wattenscheid oder Peine entdecken – und so auf angenehme Weise Zeit verplempern.

Dass nebenbei auch Menschen darum baten, meine »Freunde« werden zu dürfen, war okay. Meistens war ich mit denen schon im echten Leben befreundet, bekannt oder verschwägert – oder es waren interessierte Fremde, die mal was von mir gelesen hatten. Auch sowas freut den zur Vereinzelung neigenden Autor mitunter. Außerdem lebt man ja als Schreibender in einer Art Halböffentlichkeit, muss erreichbar und zum Beispiel auch für Lesungen buchbar sein – und da war MySpace eine gute Möglichkeit, sich »im Netz« zu präsentieren.

Irgendwann stellte ich aber erstens fest, dass die meisten MySpace-Seiten vollkommen unleserlich geworden waren, weil sich da jeder sein eigenes Layout »designen« konnte beziehungsweise eben *nicht* konnte. Bei manchen Seiten hatte man Angst, schlagartig zu erblinden ob der irren Farbgestaltung, die man sonst nur auf Leggins aus dem »kik«-Sortiment findet. Und zweitens: Plötzlich war niemand mehr bei MySpace, alle waren bei Facebook. Ich also auch hin.

Und was soll ich sagen: Was meine echten Freunde und die anderen Menschen angeht, mit denen ich mich dort höflich, dezent und sparsam austausche, verhält sich Facebook wie sein Vorgänger MySpace: unspektakulär. Um Musik geht es leider kaum, was schade ist. Obwohl neuerdings immer mehr Leute irgendwelche YouTube-Musik-Videos posten, aber meist handelt es sich dabei um Künstler, die man schon kennt, und nicht um schrullige Geheimtipps. Schlimm aber ist der nie abreißende Laberstrom mancher Facebook-Netzwerker. Was treibt jemanden dazu, stündlich zu posten, wo er ist oder mit wem er sich trifft? Diese Informationen könnten doch höchstens interessieren, wenn sie Leute beträfen, die sie niemals preisgeben würden: Auftragskiller, Geheimagentinnen oder blutrünstige Diktatoren. Obwohl selbst bei denen vermutlich siebzig Prozent der Einträge langweilig wären: »Café Latte bei Starbucks – Mhm lecker« oder »Strumpfhose gekauft – Mist und schon ne Laufmasche drin«.

Am gruseligsten aber sind die in Büros arbeitenden Menschen, die Facebook im Hintergrund laufen lassen, während sie schludrig ihrer eigentlichen Arbeit nachgehen. Da kann man nur hoffen, dass es sich dabei um Werbetexter, Eventmanager oder Trendforscher handelt und nicht um Sicherheitsbeauftragte der Deutschen Bahn,

Krebsforscher oder Risikocontroller der »Hypo Real Estate«, falls die sowas überhaupt haben.

Wenn dann aber im dritten Fenster noch ein Nachrichtenportal geöffnet ist, wird's unterirdisch: Da werden dann aus der Hüfte politische Kommentare in die Welt geschossen, gegen die sogar Mario Barths Analysen der Geschlechterbeziehungen philosophisches Niveau erreichen. Und wenn man diesen Menschen dann sachlich widerspricht, hört beziehungsweise liest man diesen typisch patzigen, geist- und witzfreien Internet-Troll-Ton, den früher nur schlecht erzogene Menschen in meist anonymen Leserbriefen benutzten. Aber vermutlich handelt es sich bei diesen Meinungspostern sowieso um charakterlich verkrachte Existenzen, denen aufgrund ihrer ungehobelten Art im Privat- und Berufsleben schon lange keiner mehr zuhört und die deswegen im Netz rumstänkern müssen.

Gradezu mysteriös aber ist das Phänomen der frisch verliebten Pärchen, die über ihre Facebook-Pinnwand miteinander turteln. Filmen sich solche Leute auch beim Römpömpeln und laden das dann bei YouPorn hoch? Was nur konsequent und vermutlich sogar unterhaltsamer wäre. Taten sagen ja oft mehr als Worte.

Das Schwein des Anstoßes

ICH MUSS GESTEHEN: WENN ICH mit einem achtzehnarmigen Kerzenleuchter in mein katakombenartig verzweigtes Kolumnenarchiv hinabsteige, so finde ich dort keinen einzigen LEITZ-Ordner, in dem auch nur ein Textlein abgeheftet wäre, in dem ich die katholische Kirche verteidigte. Wozu auch? Erstens braucht die als solventer, international verzweigter Global Player meine Hilfe nicht und zweitens finde ich sie inhaltlich doof.

Sorry, ich hab nun mal nix gegen Homosexuelle, bin der Meinung, man sollte Kindern nicht mit Hölle und Teufel Angst machen, und das Tolerieren von antidemokratischen Geheimorganisationen wie dem »Opus Dei« innerhalb der Kirche empfinde ich auch nicht als lässliche Sünde.

Glücklicherweise darf man das heutzutage ja: die katholische Kirche ablehnen. Und wird deswegen nicht gleich vom Großinquisitor gegrillt wie zu anderen Zeiten. Womit wir auch schon beim Thema wären: Das Spanferkel, der Bischof und warum ich die Kirche jetzt doch verteidigen muss.

Da wagte es der Hildesheimer Bischof Norbert Trelle doch tatsächlich, sich bei den an der Sanierung des Domes beteiligten Handwerkern mit einem kleinen Fest auf der Dombaustelle zu bedanken und dazu Spanferkel und Kölsch zu reichen. Und das nicht unter Ausschluss der Öffentlichkeit, sondern vor der Kamera der Lokalpresse, die ein pittoreskes Schweinespieß-Feier-Foto mit Bischof schoss. Mehr war da nicht. Einfach nur eine überraschend freundliche, nette und volksnahe Geste des in Zivil anwesenden Gottesmanns an die werktätige Bevölkerung. Warum daraus ein »Shitstorm« für Bischof Trelle wurde, ist allerdings rätselhaft. Fundamentalistische Katholiken ließen die Griffel und Tastaturen rauchen und schrieben empörte Briefe und Mails, die einem das Kölsch in den Adern gefrieren lassen. Neben Begriffs-Petitessen wie »Rohheit« und »Blasphemie«, »Geschmacklosigkeit« und »weltlichem Gelage« faszinieren die apokalyptisch-irren Bilder, die da gemalt werden.

Ein Beispiel? Gerne: »*Die rot gebratene Haut, die abgehackten Beine, die gespitzten Ohren, die leeren Augenhöhlen und das aufgerissene Maul erwecken den Eindruck einer angstvoll quiekenden Sau.*« Da scheint Trelle wohl ein bisher unbekanntes Bild von Hieronymus Bosch nachgestellt zu haben.

Schön auch: »*Biblische Bilder der Endzeit drängen sich auf: Ein Rotier-Schwein im Dom, und strömendes Kölsch: ein ›Greuel der Verwüstung an Heiliger Stätte‹ (Markus 13,14; Matthäus 24,15), ein ›Greuel vor Gott‹ (Lukas 16,15), und zwar ›bis zum beschlossenen Ende, das über den Verwüster sich ergießt‹ (Daniel 9,27).*«

Da fehlt ja eigentlich nur noch der enthemmte Sex und das Offenbarungs-Horrorszenario wäre perfekt. Bei solchen Briefen fragt man sich, wozu man eigentlich noch Islamisten als Feindbild braucht. Religiösen Fanatismus können wir doch ganz gut alleine.

Dass sich Vegetarier über das Spanferkel-Foto aufregen, kann ich inhaltlich noch verstehen, wenn auch nicht das Ausmaß des Furors. Schließlich sind vier Spanferkel im Dom nicht das eigentliche Problem, eher ein zu vernachlässigendes Symptom – angesichts der industriellen Fleischproduktion, Fabrik-Schlachthöfen und der Massentierhaltung gerade in Niedersachsen. Und die Frage, ob man jenseits dieser abzulehnenden Tierverwertungsmaschinerie das einzelne Tier essen sollte oder nicht, ist eben eine Ansichtssache. Ich neige zunehmend dazu, diese Frage mit »Nein« zu beantworten, bin aber immer vorsichtig, wenn jemand meint, er habe die alleinige Wahrheit gefunden. Wahrheiten sind mir einfach zu religiös.

Ich frage mich allerdings, warum ausgerechnet Katholiken sich über diese kulinarische Feierszenerie aufregen. Liebe Katholen: Dafür seid Ihr doch da! Das ist doch die schöne Seite an Eurem ansonsten doch eher düsteren Glaubensgebäude. Und normalerweise seid Ihr doch auch stolz darauf: auf das Barocke, das Lebenslustige, das Enthemmte, die Show. Dafür habt Ihr doch auch die Beichte erfunden: Es erst ordentlich krachen lassen und dann »sorry« sagen. Und Ihr wisst, Gott wird Euch vergeben. Das ist moralisch zwar fragwürdig, aber psychohygienisch eine wunderbare Sache. Nicht umsonst habt Ihr Eure Hochburgen in Bayern, Italien und Irland – in Regionen, wo gnadenlos gepichelt und gefeiert wird. Ach ja – und in Köln, wo Herr Trelle vorher tätig war und wo auch das zum Schwein gereichte Bier herkam.

Um es klar zu sagen: Wenn man als Katholik nicht mehr ordentlich feiern darf, dann kann man ja gleich evangelisch werden.

Mit dem Mofa durch Hannova

KÜRZLICH SCHAUTE ICH MICH VERWIRRT auf der Straße um und dachte: »Nanu, wo sind eigentlich die ganzen Mofas hin?« Wohin ich auch blickte: Nur Autos, Fahrräder, Motorräder und ein paar Motorroller – bei denen man aber nicht erkennen kann, ob es sich der Leistung nach um Mofas, Mokicks oder Kleinkrafträder handelt. Wobei es diese Fahrzeug-Kategorien so vermutlich auch nicht mehr gibt.

Früher war das alles anders. Als ich pubertierte, also so um 1980 herum, war die Luft erfüllt mit dem Geknatter unzähliger kleiner, offiziell maximal 25 Stundenkilometer fahrender Zündapps, Hondas und Puchs. Gefühlt besaß jeder zweite Fünfzehnjährige ein Mofa.

Mein neureicher Klassenkamerad Jochen P. hatte sogar eine »Motobecane Enduro M 25«, ein sogenanntes Cross-Mofa, das zwar scharf aussah – eben wie ein richtiges Motorrad –, aber natürlich hochgradig albern war, weil es ja trotzdem nur im Dauerlauftempo vor sich hintuckerte. Jochen sah darauf aus wie ein Rennfahrer in Zeitlupe. Rüstige Rentner auf Fahrrädern zogen unangestrengt und grinsend an ihm vorbei. Zu allem Unglück trug Jochen auch noch einen Integralhelm, Motorradstiefel und eine schwarzrote Motorradlederjacke mit Nierenschutz. Und das alles bei 25 km/h!

Aus Angst vor seinem herrischen Vater hatte er noch nicht einmal versucht, die Motobecane zu frisieren, wie es jeder andere mit seinem Mofa tat, damit das Ding wenigstens 35 km/h fuhr. Diese kleinen technischen Modifikationen waren aber meist nicht von Dauer, weil die Polizei nicht doof war und regelmäßige Straßenkontrollen durchführte. Im Zweifelsfall wurde das Fahrzeug einkassiert oder man durfte es nach Hause schieben. Demütigung inklusive. Im Nachhinein scheint es mir so, also ob Ende der 70er/Anfang der 80er die Polizei ausschließlich damit beschäftigt war, Autos anzuhalten, um sie nach RAF-Terroristen zu durchsuchen – oder eben bei Mofas den Luftfilter und den Zylinderkopf zu kontrollieren.

Es gab damals auch noch andere Fortbewegungsarten, die heute fast ausgestorben sind. Und ich meine damit nicht die Hüpfbälle mit aufgemaltem Grinsegesicht oder die Schuhe mit Sprungfedern drunter. Vielmehr wurde damals flächendeckend »getrampt«, wie der Deutsche das Per-Anhalter-Fahren mit einem seiner schönen, strunzdoofen und falschen Anglizismen nennt. Um die Klugscheißerei zu Ende zu führen: In korrektem Englisch heißt diese Reisetechnik ja »hitchhiking«. Das »Trampen« war also sprachlich das »Handy« des letzten Jahrhunderts.

Zwar weiß ich, dass auf dem Land, also von Dorf zu Dorf, auch heutzutage noch häufig getrampt wird, aber an den Autobahn-Auffahrten oder Raststätten sieht man seit Mitte/Ende der 90er immer weniger Tramper stehen. Früher gab es dort mitunter richtige Staus von Reisewilligen mit handgemalten Wunschdestinationsschildern. Jetzt sieht man, wenn überhaupt, bei gutem Wetter mal einen einzelnen jungen Menschen am Rande der Fahrbahn vor sich hin dösen – der einem zudem das Gefühl vermittelt, er wolle da gar nicht weg, sondern stehe nur aus dekorativen Gründen in der Landschaft.

Wir trampten, obwohl man immer wieder erzählt bekam, wie gefährlich es sei – von den eigenen Eltern, von Lehrern und von Eduard Zimmermann in »Aktenzeichen XY ungelöst«. Den Mutigen war das egal, die etwas weniger Furchtlosen versprachen, immer zu zweit zu trampen. Damit die Horrorszenarien aus »XY« schwarzweiß und im Fernsehgerät blieben und nicht auf unsere bunte Realität übergriffen. Aber obwohl die Gefahr ständig Thema war, wurde das Trampen wie das Mofafahren letztlich doch geduldet und akzeptiert. Heute ist das anders.

Eltern, die ihre Kinder während der Grundschulzeit jeden Tag mit dem Auto am Schultor abliefern, erlauben ihren Teenagern vermutlich später auch nicht, sich zu wildfremden Menschen ins Auto zu setzen oder auf kleinen, windigen Motorfahrzeugen durch die Gegend zu pesen. Als begabter Schisshase kann ich das einerseits verstehen, andererseits muss man sachlich feststellen, dass mehr Kinder und Jugendliche von Pfarrern, Lehren, Trainern und Eltern missbraucht wurden als von hilfsbereiten Autofahrern. Und auch die Zahl der Unfälle mit den langsam durch die Städte schleichenden Mofas wird sich im Vergleich zur Zahl der Toten und Verletzen bei Autounfällen auf Autobahnen und Landstraßen sehr in Grenzen gehalten haben.

Aber Angst ist eben nichts Rationales. Trotzdem möchte ich mal wieder ein Mofa knattern hören oder jemanden an der Tankstelle an der Handpumpen-Zapfsäule ein 1:50 Öl-Benzin-Gemisch für seine »Hercules M 5« zusammenmischen sehen. Nur so, aus nostalgischen Gründen.

Trinken und Schmettern

Ein neuer Trend aus Hannover

IN MEINER AUFWACHS-STADT KASSEL gibt es ein sorgfältig ausgetüfteltes System, mit dessen Hilfe die Einwohner in ihrem Verhältnis zur Stadt kategorisiert werden. In Kassel wohnen eben nicht nur Kasseler, sondern vor allem auch Kasselaner und Kasseläner. Und das nicht nur, um sich von der gleichnamigen Fleischware zu unterscheiden.

Die »Kasseläner« sind Menschen, deren Eltern schon in Kassel geboren wurden, als »Kasselaner« muss man selbst in dem nordhessischen Großstädtchen an der Fulda das Licht der Welt erblickt haben, und der schlichte »Kasseler« ist ein zugereister, aber nun dauerhaft in Kassel lebender Mensch.

Früher fand ich das doof, weil es bedeutete, dass ich, als ein im Kindesalter Zugezogener, nie zum -laner oder -läner werden konnte, sondern immer Kasseler bleiben musste. Heute sehe ich das positiver. Diese Einteilung beweist immerhin eine zwar eingeschränkte, aber doch grundsätzlich vorhandene Akzeptanz: Egal, wann ich nach Kassel ziehe, egal woher: Wenn ich da wohne, bin ich ein Kasseler, basta!

In anderen Städten ist dies unklarer. Darf ich mich zum Beispiel nach fünf Jahren Lebens in Hannover Hannoveraner nennen? Und wenn nicht, was bin ich dann sonst? Ein »Einwohner von Hannover«, was ja eher wie eine Nummer in einer Statistik klingt? Oder war ich während meiner 14 Jahre in Braunschweig ein »Braunschweiger«?

Wobei man dabei außerhalb Braunschweigs auch eher an Schlachtereiware denkt. Bin ich gar ein »Ex-Hildesheimer«, weil ich auch da immerhin acht Jahre wohnte?

Ist schon alles nicht einfach. Dabei wohne ich ausgesprochen gerne in Hannover. Wenn ich das aber außerhalb von Hannover erzähle, schlägt mir oft große Verwunderung entgegen. Das Spektrum der Urteile über Hannover reicht vom Ehrentitel »Stadt mit dem gewissen Nichts« bis zum Bonmot des Bezahlfernseh-Moderators Harald Schmidt, Hannover sei zwar nicht der Arsch der Welt, aber man könne ihn von dort aus sehr gut sehen.

Hannover wird entweder mit gepflegter Langeweile gleichgesetzt oder zur Skandal- und Peinlichkeitshauptstadt stilisiert. Und zugegebenermaßen war die Außen-PR im letzten Jahrzehnt auch eher etwas »mittel«.

Nur ein paar Beispiele: Die Landesbischöfin wird Bundesevangelin, fährt hackedicht durch die Stadt und tritt zurück, der Ministerpräsident wird zum Bundespräsidenten, lässt sich Bobbycars schenken und muss zurück nach Großburgwedel, Philipp Rössler stürzt erst Westerwelle und dann erfreulicherweise die FDP in den Abgrund, der ehemalige AWD-Chef und Veronica-Ferres-Gespiele Carsten Maschmeyer rasiert sich seinen Schnäuzer ab und keiner bemerkt es, weil er – um den Kollegen Fuhrhop zu zitieren – »immer noch so aussieht als hätte er einen«, der hannoversche Hells-Angels-Chef trifft sich mit dem Bundes-Bandito in der Kanzelei eines ehemaligen Gerd-Schröder-Kompagnons und schließt einen »Friedensvertrag«, um sich dann aber einige Zeit später in Mallorca einbuchten zu lassen …

Es wird Zeit, dem allen etwas entgegenzusetzen. Wie wäre es denn mit einem neuen, wegweisenden Lifestyletrend aus Hannover? Hier bei mir um die Ecke, in Hannovers kuscheligem Miniatur-Kreuzberg, in Hannover-Linden, hat nämlich eine Gruppe dem Alkohol zugeneigter Menschen mit viel Tagesfreizeit eine neue beispielhafte Existenzform entdeckt. Früher saßen sie einfach Bier trinkend auf zwei Parkbänken und taten das, was Menschen in solchen Situationen so tun: abwechselnd schweigen, plappern und grölen, mal aufstehen und in die Büsche urinieren ... Nix Schlimmes, aber auch nichts explizit Erfreuliches.

Irgendwann muss dann aber wohl einer von ihnen entdeckt haben, dass zu diesem Draußenmöbel-Ensemble auch noch zwei steinerne Tischtennisplatten gehören. Keine Ahnung, woher auf einmal die Schläger kamen, aber eines Tages hörte ich das Klackern eines Tischtennisballs. Ja, eines Tages begannen die Trinker zu spielen. Das volle Programm: Einzel, Doppel, Rundlauf. Ganze Turniere scheinen sie auszutragen. Vermutlich gibt es sogar Siegerehrungen.

Diese neuentdeckte Tischtennisleidenschaft meiner Mitbürger scheint mir doch wirklich sehr vernünftig zu sein. Körperliche Betätigung ist gut für das Herz-Kreislauf-System, die Zeit vergeht schneller als zuvor, und augenscheinlich wird sogar weniger getrunken und gestritten. Vermutlich wurde in dem einen oder andern Turnierteilnehmer der sportliche Ehrgeiz geweckt – und dass man einen Topspin nüchtern besser platzieren kann als knülle, ist ja eine Binsenweisheit unter Street-Pingpongern.

Es müsste doch wirklich mit dem Teufel zugehen, wenn aus der innovativen, sportlichen Doppeldisziplin »Trinken und Schmettern« stadtmarketingmäßig nichts zu machen wäre, oder?

Showtreppe Afghanistan

DIE SOLDATEN AN DER FRONT waren noch nie mit sich und dem Feind allein. »Von alters her wurden die kämpfenden Truppen von einem Tross von Händlern und Prostituierten begleitet. Ebenfalls zur Truppenbetreuung zählten schon immer Priester und Rauschmittel.« So sagt es zumindest Wikipedia und wer wollte das im Zeitalter des virtuellen Wissens bezweifeln? Zumal die Zustände bekanntermaßen heute noch so sind.

Die Prostituierten werden allerdings meist nicht mehr mitgenommen, sondern vor Ort rekrutiert, dafür aber werden die Militärseelsorger der Bundeswehr sogar vom Bund, also vom Steuerzahler bezahlt und tragen Uniform. Und was die Rauschmittel betrifft – da trifft es sich immer gut, wenn man Kriege irgendwo in Asien oder im Orient führt, wo das Zeug angebaut wird. Da ist Nachschub in der Regel gut gesichert. Darüberhinaus versorgt zum Beispiel die US-Armee ihre Bomberpiloten auch gerne mal ganz offiziell mit Amphetaminen, also Speed – so geschehen unter anderem im Irak –, damit das Töten leichter fällt und der Kick größer ist. Mitunter sind die Soldaten dann leider so breit, dass sie auch ihre eigenen oder befreundete Truppen bombardieren. Wo gehobelt wird, da fallen Späne.

Aber in der Wikipedia-Aufzählung der Truppenbetreuer fehlt noch eine Berufsgruppe: die Künstler und Kulturschaffenden, die Frontunterhalter.

Der Erfinder der modernen deutschen Frontunterhaltung ist übrigens Gunter Gabriel. Noch heute berichten Soldaten mit Tränen in den Augen von Gabriels Kosovo-

Auftritt im Jahre 2001, bei der er auf die Melodie von »House of the Rising Sun« sang: »Da steht ein Haus im Kosovo, das ist zerbombt und leer, doch die Jungs aus good old Germany stellen es wieder her.«

Allerdings geht die Fama, dass der alkoholaffine GG und seine Musiker sich hinterher mit den Soldaten dermaßen gnadenlos die Kante gegeben hätten, dass man aus militärhygienischen Gründen darauf verzichtete, ihn nochmal an die Front einzuladen. Aber immerhin, ein Neuanfang war gemacht – nach den öden, kriegslosen Jahrzehnten, in denen man das heitere Truppentralala kampflos der amerikanischen Armee und der gut geölten Hollywood-Unterhaltungsmaschinerie mit ihren Stars von Bob Hope bis Jennifer Lopez überlassen hatte.

Noch in den Vierzigerjahren des 20. Jahrhunderts war das auch in unserem Land ganz anders – da war es gang und gäbe, dass deutsche Stars und Sternchen den deutschen Soldaten kurz hinterm Schlachtfeld die Zeit verkürzten. Ob Ilse Werner, Bernhard Minetti, Gustav Gründgens, Heinz Erhardt, Willy Millowitsch – alle leisteten ihren Beitrag zur Unterstützung der kämpfenden Truppen.

Danach allerdings – so circa ab Spätfrühling 1945 – hatten in Deutschland sowohl die Institution Krieg wie auch die damit verbundene kulturelle Truppenbetreuung schlagartig einen überraschend schlechten Ruf. Warum, lässt sich heute nicht mehr wirklich rekonstruieren. Die Folge war auf jeden Fall: Kein Soldat wollte mehr ins Ausland, kein Künstler musste ihm hinterherreisen. No risk, no fun.

Aber das ist nun vorbei. Die deutsche Armee ist »on the road again« und auch die Musiker, Komiker und Schauspieler gehen wieder mit auf Tournee: Xavier Naidoo, Til Schweiger, Peter Maffay, die No Angels, Clemens Schick, Hans-Werner Olm – die Liste ist lang. Mal abgesehen von den vielen zweit- und drittklassigen Bands und Witzeerzählern, die alle unentgeltlich, nur für Spesen,

Ruhm, Ehre und selbstverständlich fürs Vaterland auftreten.

Schön auch, wie reflektiert viele Künstler die Motive für ihren Kriegseinsatz darstellen. Xavier Naidoo: »Ich hab Zivildienst geleistet und keine Bundeswehr gemacht und so hab ich auch nochmal ne Chance, was für mein Land zu tun.« Und Naidoo ist nicht der Einzige, der sich mit Behindertenbetreuung oder Senioren-Arschabwischen davor gedrückt hat, etwas Sinnvolles für sein Land zu tun. Auch Til Schweiger ist so einer: Er geht zwar zunächst zum Bund, dann fällt ihm aber ein, dass das doch nicht so tofte ist, also verweigert er nachträglich und bummelt seinen Zivildienst ganz entspannt in einem Krankenhaus ab.

Vor einiger Zeit aber hat er alles wieder gutgemacht, gleich mehrfach: Zunächst drehte er einen Film über einen Ex-Afghanistan-Soldaten, flog dann zu einer Bundeswehr-Preview nach Mazar-i-Scharif und schrieb dann noch zum Kinostart des Filmes in der *Bild*-Zeitung ein Tagebuch über seinen Kriegsausflug. Sein Ziel: »Dankbarkeit zeigen.«

Dankbarkeit wofür? Na, das dürfte klar sein: für die fette, kostenlose Film-Promo auf dem Rücken von tausenden von Kriegsopfern auf allen Seiten. Respekt.

Schraubstockeier zum Kaffee

KLAR KANN MAN SICH'S AUCH einfach machen. Musik hören und nicht drüber nachdenken. Ruhe ist. Aber kaum lässt man das Hirn anlaufen, befindet man sich als deutschsprachiger Popmusikkonsument in einem Dilemma, das so alt ist wie die (Pop-)Welt. Oder zumindest wie Udo Lindenberg. Was fast das Gleiche ist.

Wenn man zum Beispiel Musik mit englischen Texten hört, versteht man entweder gar nix oder kaum was, weil Deutsche nun mal – trotz ständigem Denglisch-Geplapper und »Du, ich flieg im Oktober wieder nach New York« – in den seltensten Fällen richtig »in echt« Englisch können. Oder weil die Vortragenden auf Heroin, Strohrum oder Chrystal Meth sind und nuscheln wie Gerd Ruge.

Wenn man aber wirklich Pech hat, versteht man alles, und dann kann man textlich gesehen oft auch gleich Helene Fischer oder Hartmut Engler hören. Nein, sorry, da bin ich etwas übers Ziel hinausgeschossen. Sowas wie »Pur« und ihre besinnungslosen lyrischen Meditationen gab und gibt es nur einmal. Oder sagen wir so: sollte es nur einmal geben. Aber leider: Vor einiger Zeit machte ich – live auf einem niedersächsischen Stadtfest – die Entdeckung, dass es tatsächlich eine »Pur-Coverband« gibt. EINE PUR-COVERBAND! Und augenblicklich fragte ich mich, wie man so leichtfüßig die Grenzen nicht nur des guten Geschmacks, sondern auch jeglicher moralischer Integrität überschreiten kann. Ich meine, wir sprechen hier von Hartmut Engler, dem Meister der spießigen

Anwanzerei an ein konservatives, aber doch »irgendwie empfindsames« CD-Käufer-Klientel. Engler, der Zeilen textete wie: »Wie sie durch die Küche tanzt oder Atmosphäre schafft.«

Aber zurück zum eigentlichen Thema: Selbst englischsprachige Lieder, die man inhaltlich mittelokay bis großartig findet, würden auf Deutsch meist doof und/oder prätentiös klingen. Wer mir das nicht glaubt, kann ja mal hilfsweise ein Lied von ... sagen wir: Neil Young übersetzen. Songtexte bestehen ja nicht nur aus dem inhaltlichen »was«, sondern auch aus dem formalen »wie«. Und das »wie« ist oft ziemlich klischeebeladen.

Ich kann mich noch erinnern, als ich zum ersten Mal »My my hey hey« von Mr. Young hörte. Ich war sehr angetan, geradezu gerührt, und bis heute finde ich, dass es ein wunderschönes Lied ist. Voller Weisheit. Und peinlichster Rock'n'Roll-Banalitäten! Nicht nur, dass es dort heißt: »Hey hey my my, Rock'n'Roll can never die.« Nee, Young singt da auch noch: »Der König ist weg (oder: gegangen), aber nicht vergessen. Dies ist die Geschichte von Johnny Rotten. Es ist besser auszubrennen als zu verrosten.« Mhm ... und plötzlich hat man den Verdacht, dass Gunther Gabriel viel Unrecht getan wurde. Beschwerdebriefe bitte nicht an mich, sondern direkt an Neil Young schicken. Danke. Manchmal hoffe ich ja, dass in dem Song eine gewisse Ironie steckt, wie manche behaupten, aber glauben kann ich es nicht wirklich.

Und wenn man dann deutsche Songs hört, die man nicht als peinlich empfindet – zum Beispiel von Johanna Zeul, Rio Reiser, Danny Dziuk, Slime, Kraftklub, Wir sind Helden, Abwärts oder den Ärzten –, dann stellt man fest, dass man den Texten nicht entrinnen kann. Es ist unmöglich, deutschsprachige Musik holistisch, als Synthese von Text, Musik und Darbietung wahrzunehmen. Oder als angenehmes Trallala im Hintergrund. Immer drängt sich der Text nach vorne und schreit: »Hör! Mir! Zu!«

Ob Amerikaner oder Engländer ein ähnliches Problem haben, weiß ich nicht. Vielleicht finden die diese Textdominanz auch normal, weil sie nie Lieder hören, bei denen sie ums Verrecken nicht wissen, worum es geht. Außer »Whiter Shade of Pale« von Procul Harum. Das hat noch niemand verstanden. Ist aber die große Ausnahme. Deswegen lief in Amerika auch nie »Bobby Brown« von Frank Zappa im Radio. Wie neulich im Sonntagnachmittagsprogramm vom NDR. Ich saß mit meiner mich besuchenden Tante Magda bei Kaffee und Kuchen und Zappa sang dazu: »Sie steckte meine Eier in den Schraubstock, aber den Schwanz ließ sie draußen, er hängt zwar noch dran, aber jetzt komme ich zu früh«.

Tja, da nahm ich mir noch ein Mandarinenschnittchen mit Schlagsahne und lächelte Tante Magda freundlich an. Und sie lächelte ahnungslos zurück.

Ein Pilz, ein Stich, ein Loch im Bein

Oder: Die Narben in meinem Leben

ES GIBT JA AKTIVITÄTSORIENTIERTE und gefahrensuchende Menschen, die brauchen keine Fotos, um sich an die entscheidenden Ereignisse ihres Lebens zu erinnern, die können ihre Biographie anhand der diversen, ihren Körper zierenden Narben nacherzählen: Dreiradstürze, Mofacrashs, Sportunfälle, Sylvesterböllerverbrennungen, eifersuchtsmotivierte Messerstiche und Schusswunden – da kann schon einiges zusammenkommen, wenn man zu der Sorte Mensch gehört, die erst handelt und dann nachdenkt.

Ich bin ja eher ein vorsichtiger Mensch, finde aktive Gefahrensuche albern und bleibe auch in Extremsituationen relativ lange entspannt – es sei denn, jemand macht mich richtig wütend. Ob es dann der cholerische Araber in mir ist oder der oberhessische Sturkopf, der sich einfach nichts gefallenlassen will – auf alle Fälle beschleunige ich dann gerne mal von Null auf Hundert und bringe mich damit in potentiell gefährliche Situationen. Glücklicherweise gipfelten die bis jetzt immer nur in unangenehmen öffentlichen Schreiereien und nie in körperlichen Auseinandersetzungen. Insofern hält sich auch meine Narbenbildung in Grenzen. Ganz unvernarbt habe ich es allerdings auch nicht durchs Leben geschafft.

Da ist zum Beispiel die Narbe an meinem Handballen, die entstand, als ich zehnjährig versuchte, mit einem Messer eine selbstgegossene Kerze aus einem Plastikbecher zu prokeln. Das Messer brach ab und riss mir einen Klumpen Fleisch aus der Hand. Fünf Sekunden lang schaute ich verdutzt auf das weiße Loch und dachte: Nanu, das blutet ja gar nicht. Dann dachte ich: Oh, jetzt blutet es ja doch. Und nach weiteren fünf Sekunden dachte ich: Mist, das kriegen wir nie wieder aus dem Flokati raus. Was übrigens stimmte. Man glaubt gar nicht, welche Mengen Blut aus einer Kinderhand strömen können. Wir kauften uns danach dunkelbraune Teppichfliesen.

Oder die fiese, gezackte Knienarbe, die mich daran erinnert, wie ich im Sommer 1981 zum ersten Mal in meinem Leben ins Mittelmeer sprang. In Kroatien beziehungsweise Jugoslawien, wie es damals noch hieß. Meine Freunde und ich taumelten nach einer durchfahrenen Nacht aus dem Zug, schleppten uns auf den Campingplatz, warfen die Rucksäcke ab, rannten zum Strand und sprangen ins Wasser. Alles in allem ein prima Urlaubsanfang. Außer für mich. Beim Ins-Wasser-springen krachte ich mit dem Knie gegen einen unter der Wasseroberfläche liegenden Felsen, begann augenblicklich wieder wie Sau zu bluten – und lag dann anschließend drei Wochen lang mit einer eiternden, nicht heilen wollenden Platzwunde auf der Isomatte.

Aber was die Entstehung meiner eindrucksvollsten Narbe betrifft, muss ich mich voll und ganz auf Augenzeugenberichte verlassen. Ich war fünf Monate alt und lebte noch in Jordanien. Der Arzt hatte bei mir eine Mittelohrentzündung diagnostiziert und griff nun zum Mittel der Wahl: Penicillin. Damals, im Jahr 1965, grade mal zwanzig Jahre nach der Markteinführung, galt das Ur-Antibiotikum ja noch als universell und unbedenklich einzusetzendes Wundermittel. Man sah keinen Grund, darauf zu achten, das Medikament gezielt, wohlüberlegt und eventuell oral über einen längeren Zeitraum in kleinen, gut verdaulichen Einzeldosen einzunehmen. Ein schlimmer Aua-Infekt? Spritze einmal aufgezogen und rein ins Kinderärschlein. Aus die Maus. Meine Mutter berichtet gerne, dass ihr allein ob der Größe der Spritze und der Dicke der Nadel fast das Herz stehengeblieben sei.

Nun kam leider dazu, dass ich mit einem Podefekt geboren wurde. »Der Junge hat ja keinen Arsch in der Hose«, pflegte mein Onkel Henner habituell zu sagen, wenn er mich von hinten sah. Das war tatsächlich nur anatomisch und nicht charakterlich gemeint. Deswegen fand auch schon der jordanische Arzt kein stechenswertes Bäcklein, um die grotesk riesige Spritze hineinzujagen. Also rammte er sie mir in den Oberschenkel, presste das dickflüssige Penicillin durch die Nadel und überließ mich, das kleine rotgeschriene Folteropfer, meiner aufgelösten Mutter.

Die Mittelohrentzündung war am nächsten Tag weg, aber dafür hatte ich ein Loch im Bein. Und habe es bis heute. Keine Narbe im klassischen Sinne, sondern eine im Durchmesser fünf Zentimeter große, auffällig tiefe Delle im verhärteten Oberschenkelmuskel. So tief, dass man darunter den Knochen fühlen kann. Der Muskel um das Loch herum ist fest wie eine Sehne und die Haut frei von jeder mich ansonsten plagenden orientalischen Beinbehaarung. Ein nackter, harter Muskelkrater – zum Gedenken an die Opfer der Steinzeitmedizin.

Rein in die Puschen, raus aus die Puschen

WIE ICH SCHON AN ANDERER STELLE formulierte: Als seriöser Freizeit-Kulturwissenschaftler und Gelegenheits-Ethnologe ist man verpflichtet, dorthin zu gehen, wo es weh tut, eng und dunkel ist und mitunter streng riecht. So erfährt man bekanntlich in Theatern, Museen und auf der Frankfurter Buchmesse nichts über unsere Gesellschaft. Zumindest nichts Interessantes. Erhellend sind vielmehr die Informationen, die aus Vereinsheimen, gymnasialen Lehrerzimmern, Betriebskantinen oder von Kinderspielplätzen mit gegenüberliegenden Assi-Trinkhallen herüberwehen. Oder auch aus Schuhschränken. Was trägt der Deutsche am Fuß? Hier verweist der Mikro- auf den Makrokosmos.

Unbedeutend ist dabei jedoch, was die Bevölkerung außerhalb ihrer Wohnungen untenrum spazieren führen. Hier regieren die langweiligen, ungleichen Stiefgeschwister »Mode« und »Praktikabilität«. Wobei das hässliche Entlein Praktikabilität meist die Oberhand behält. Zumindest in Deutschland: Wenn es kalt ist, sind dicke Botten angesagt, im Sommer Sandalen. Der Mode bleibt nur, diese Konstanten auszugestalten und zu variieren. Woanders ist es anders.

So tragen die sympathisch durchgeschepperten englischen Frauen bei Schneeregen gerne zehfreie Riemenstöckler und im höchsten Hochsommer kniehohe, derbe Lederstiefel zu pornofähigen Kurzröcken. Da ist man einen Moment lang verwirrt, freut sich dann aber darüber, dass sich echte Menschen benehmen können wie Romanfiguren – in diesem Fall wie die »Contras« aus »Little Big Man«, die bekanntlich alles verkehrt herummachen.

Wirklich faszinierend wird es, wenn man tief in die Privatsphäre der Menschen eindringt und erkundet, in was sie zuhause, in ihren eigenen vier Wänden, hineinfüßeln. Mein Forscherdrang bezüglich dieses Phänomens wurde von einem persönlichen Schlüsselerlebnis ausgelöst. In meinem frühkindlichen Umfeld gab es nämlich keine Hausschuhe. Der eine Teil meiner Familie stammte aus dem orientalischen Kulturkreis, wo man in der Wohnung einfach die Schuhe auszieht und auf Socken herumläuft, und der andere Teil entwuchs einem oberhessischen Bauerngeschlecht, in deren Behausung die Unterscheidung zwischen Stall und Wohnküche nur marginal war – und es insofern überhaupt keinen Sinn hatte, das Schuhwerk zu wechseln. Weil sowieso alles peekig war. Letztlich ist die Idee vom Fußboden, der so sauber zu sein hat, dass man von ihm essen können muss, ja auch nur das Ergebnis einer schlimmen Fünfzigerjahre-Neurose. Zum Essen gibt's schließlich Tische und Teller.

Wo war ich stehengeblieben? Ach ja, mein Schlüsselerlebnis. Als ich dann irgendwann zum ersten Mal bei einem Schulfreund nicht nur aufgefordert wurde, meine Schuhe auszuziehen – das tat ich mitunter zuhause auch –, sondern auch noch in ein bereitgestelltes Paar »Gästeschlappen« (das Ereignis fand im Hessischen statt) schlüpfen sollte, war ich verwirrt und angewidert. Ich wollte keine fremden Schuhe tragen! Ich tausche ja schließlich auch nicht meine Unterwäsche mit irgendwem. Außerdem sahen die mir angebotenen Schlappen doof aus. Opaesk, altenheimoid und sie rochen nach Moder und Tod. Kurzum: das Konzept »Hausschuh« war mir ein fremdes.

Aber offensichtlich war ich der einzige, der Probleme mit dieser Fußbekleidungskatastrophe hatte. Im Laufe der Jahre begegnete ich immer wieder Menschen, die outdoor die coolsten Säue waren und – je nach Epoche – in

Wildleder-Fransenstiefeln, Cowboyboots, hippen Sneakern oder rahmengenähten italienische Maßschuhe herumliefen, indoor aber einem Spießertum und ästhetischen Selbsthass unbeschreiblichen Ausmaßes huldigten. Was musste ich da alles sehen: Filzpantoffeln, unförmige Wollstrümpfe, vom Fußschweiß verfärbte Birkenstocksandalen, Hüttenschuhe, fleckige, hinten heruntergetretene Espadrilles ...

Aber wann immer ich dieses Thema aufbrachte, schlug mir vollkommenes Unverständnis und Aggression entgegen. Natürlich trage man in der Wohnung Hausschuhe, was denn sonst? Ob ich mit meinen Straßenschuhe etwa auch ins Bett gehe? So wird man behandelt, wenn man den Finger in die Wunde legt.

Ein einziges Mal zog ich aus meiner Hausschuh-Skepsis einen persönlichen Nutzen. Als sich eine junge Dame dereinst zwischen mir und einem Mitbewerber entscheiden musste, gab sie ihm den Vorzug, verließ meine Wohnung, um direkt zu ihm zu gehen. Nach einer halben Stunde klingelte es an meiner Tür. Ich öffnete – und sah überraschenderweise die Frau meines Herzens wieder vor mir stehen. Sie schüttelte den Kopf und sagte: »Es ging nicht. Als er die Tür aufgemacht hat, hatte er Cord-Puschen an den Füßen!« Ich sagte: »Verstehe. Komm rein. Die Schuhe kannst du übrigens anlassen«. Sie lächelte.

Dann waren wir acht hausschuhlose Jahre ein Paar.

Vorwärts in die Vergangenheit

WIR KENNER UND LIEBHABER der Populärkultur wissen, dass Zeitreisen unkalkulierbare Risiken bergen. Zum Beispiel ist nach wie vor unklar, ob man in der Vergangenheit etwas verändern darf, und wenn ja, was das für Folgen haben kann. Vertauscht man zum Beispiel aus Versehen auf einer Hochzeitsfeier im Jahre 1929 zwei Tischkärtchen, lernt sich vielleicht ein potentielles Ehe- und Elternpaar nicht kennen, jemandes Geburt fällt möglicherweise aus, deswegen wird logischerweise die Mondlandung abgeblasen, dafür aber gewinnt Franz Josef Strauß 1980 die Bundestagswahl, der Frankfurter Kneipenschwadroneur Joschka Fischer tritt nie den Grünen bei, lässt sich aber 1993 für's Showbusiness entdecken und moderiert als Nachfolger von Wolfgang Lippert »Wetten, dass ...?«, bis er am 7. Juli 2022 in der TUI-Arena in Hannover explodiert und damit das Ende des öffentlich-rechtlichen Fernsehens besiegelt. Alles hängt mit allem zusammen.

Oder ein anderes Zeitreisen-Problem: Man reist rückwärts – wie dies Stanislaw Lem in seinen »Sterntagebüchern« beschreibt –, existiert dann aber aufgrund technischer Komplikationen parallel auf zwei Zeitebenen, die sich überraschend kreuzen und überlagern, begegnet sich so selber und endet im schlimmsten Fall in einer sich stetig wiederholenden Zeitschleife. Wie genau das funktioniert, kann ich nicht erklären und leider kann ich es auch nicht nachlesen, weil ich die »Sterntagebücher« offensichtlich in einem dieser Paralleluniversen vergessen habe.

Aber trotz aller möglichen Gefahren würde ich gerne mal mit einer Zeitmaschine in die Vergangenheit reisen. Allerdings eher zum Kurzstreckentarif: in die Endsechziger/Anfangsiebziger des zwanzigsten Jahrhunderts. Reisen in richtig ferne Zeiten interessieren mich nämlich nicht die Bohne. Das alte Rom, Kaiser Barbarossa, der Wilde Westen, Bismarck, Stalin, Hitler, die Azteken, einen Abend mit Jesus und seinen Kumpels – alles nix für mich, sowas schau ich mir lieber bei »Terra X« im ZDF an.

Was mich aber brennend interessiert, ist folgendes: Ich möchte die Zeit, in der ich Kind war, mit Erwachsenenaugen betrachten. Richtig kann ich mich schließlich nur an Bonanzafahrräder, den Hasen Cäsar, Olympia-Dackel Waldi, Gerd Müller und an die Einführung des Instant-Erfrischungsgetränks »Cefrisch« erinnern. Kulturgeschichtlich alles nicht uninteressant und heutzutage retromäßig enorm verwertbar, aber mich treiben eher die großen Lifestyle-Mythen und Alltags-Legenden jener Zeit um.

Wie gerne säße ich beispielsweise mal im Jahr 1972 in der Redaktion einer großen deutschen Tages- oder Wochenzeitung, um zu überprüfen, ob da wirklich regelmäßig Leute bei der Morgenkonferenz seitlich vom Stuhl kippten, weil schon vormittags zur Kreativitätsbeförderung wie selbstverständlich Whiskey und Cognac gereicht wurde. Der Fama zufolge könnte ich diese alkoholbedingten Berufsunfälle allerdings nur akustisch wahrnehmen, weil aufgrund des verpflichtenden journalistischen Rothändle-Kettenrauchens die Sichtweite keine 30 Zentimeter betrug.

Gerne würde ich auch mal in den Siebzigern einen Blick hinter die Kulissen eines Stadt- oder Staatstheaters werfen. Heute noch lebende Augenzeugen berichten, dass sich dort das darstellende Personal neben, hinter und unter der Bühne ununterbrochen den Freuden der körperlichen Liebe hingegeben habe. Keine Bühnendeko, kein

Vorhang, keine Tapeten-Tür, hinter der nicht geschnakselt wurde. Nicht, dass ich an diesen quasi staatlich subventionierten Orgien teilnehmen wollte, ich bin da ja eher dezent, aber wenn dem wirklich so gewesen ist, würde diese schlichte Triebhaftigkeit tatsächlich einen schönen Kontrast zum wichtigtuerisch vor sich ernstelnden Seventies-Theater bilden und mich auf eine ironisch-dialektische Art sehr erheitern.

Apropos hemmungsloses Rumgeknatter: Am liebsten würde ich in jenen wilden Zeiten mal einen Tag in der Redaktion der *St. Pauli-Nachrichten* verbringen und Leuten wie dem späteren *Spiegel*-Chef und inzwischigen *Welt*-Herausgeber Stefan Aust und der ebenfalls zu Springer konvertierten Krawallschachtel Henryk M. Broder beim Herstellen ihres linksradikalen Schmuddelsexheftchens zuschauen. Ich lächelte dabei milde und altväterlich und stieße mit ihnen auf die Weisheit der Jugend an, weil ich wüsste, dass alles, was sie da an wirrem Kokolores produzierten, harmlos wäre im Vergleich zu dem, was 40 Jahren später so aus ihnen herausquarkt. Und alles wäre gut. Wenigstens für einen Moment.

Ofen aus in der Weihnachtsbäckerei

WENN MAN KEINE KINDER HAT, hat man weniger Probleme. Nicht grundsätzlich, da wird ja von den Kinderlosen vieles übertrieben, weil sie glauben, alle Kinder seien solche unsäglichen Nervensägen wie sie selbst früher. Dabei sind die meisten Kinder ganz freundlich. Und man muss meist gar nicht ins Kitsch-Klischee verfallen um festzustellen: Viele Kinder sind sogar angenehmer als die dazugehörigen Erwachsenen.

Was aber doch stimmt, ist, dass man ohne eigenen Nachwuchs über bestimmte Probleme nicht zwingend nachdenken muss, zum Beispiel darüber, wie man mit Rolf Zuckowski umgeht. Nicht mit ihm persönlich, denn erfreulicherweise begegnet man solchen Menschen selten im echten Leben. Außerdem ist der 65jährige »Musiker« wahrscheinlich privat ein tofter Typ. Oder wie schon Wiglaf Droste und Danny Dziuk sangen: »Nett sind sie alle.« Selbst die ausgewiesenen Arschgeigen, die es in jeder Branche gibt. Im beruflichen Haifischbecken zubeißen wie nix Gutes, aber zuhause bei Frau, Kind und Hund – sowas von nett! Keine Ahnung, ob Zuckowski so einer ist, ist mir auch wurscht. Mir reichen schon die Probleme, die er den Menschen mit seinem Œuvre bereitet.

Wobei ich nicht falsch verstanden werden möchte. Kinder haben, wie wir Erwachsene auch, ein Recht auf Trash. Was Spaß macht, macht eben Spaß, egal wie andere es finden. Egal, ob es übergrößige pinkfarbene Jogginganzüge trägt, gepfiffener Hardrock aus Hannover ist,

Charlie Sheen heißt oder ob auf dem Cover »Benjamin Blümchen« oder »Bibi Blocksberg« steht. Insofern wurde bei uns zuhause in Bezug auf die kulturellen Vorlieben meiner Tochter nie etwas zensiert. Obwohl ich kaum beschreiben kann, wie sehr mich zum Beispiel das Blocksbergsche »Hexhex« und das dazugehörige »magische« Geräusch aus dem Synthie-Sampler nervte.

Da ich selbst im Kinderkulturgewerbe tätig bin und mich etwas auskenne, habe ich meiner Tochter natürlich auch immer Alternativen angeboten: lustige, unterhaltsame und kluge Nicht-Massenware, also Bücher und Hörspiele, die mit Herzblut und echtem Spaß geschrieben und produziert wurden und nicht nur mit Dollarzeichen in den Augen. Wenn's denn aber für den Alltagsgebrauch der Trash aus Kinderunterhaltungsindustrie sein sollte – kein Problem. Zumal es auch da Unterschiede gibt. Bibi und Benjamin vermitteln zwar nicht viel, aber immerhin eine gesunde Distanz zum Politikbetrieb: Der Bürgermeister von »Neustadt« ist ein lächerlicher, eitler, machtgeiler Mops, der nur allzu bereit ist, mit korrupten Wirtschaftsvertretern zu kooperieren – das ist zwar von der Tendenz her etwas schlicht, aber am Ende des Tages leider oft wahr.

Aber bei aller Liebe zum kulturellen Trash: Es gibt auch Grenzen! Als einmal ein fremdes Kind – offensichtlich ein Produkt von geizigen und ästhetisch ignoranten Mittelschichts-Eltern – bei uns zum Kindergeburtstag erschien und meiner Tochter eine gebrannte (!) CD mit dem Titel »Rolf und seine Freunde im Kindergarten« überreichte, sagte ich: »Gib mal her, ich leg sie auf den Geburtstagstisch.« Augenblicklich warf ich den Tonträger in den Papierkorb, ging an den Computer und brannte eine Ersatz-CD. Ich glaube, es war etwas reizend Skurriles von Erwin Grosche oder eins der angenehm bekloppten Kinderhörspiele von Ton Steine Scherben. Vielleicht war es auch »Yellow Submarine« von den Beatles. Hauptsache mein Kind verklebte sich nicht die

Gehörgänge mit der sämigen, nach einem simplen Baukastensystem hergestellten, musikalisch uninspirierten, leidenschaftslosen Kinder-Klischee-Schlager-Matschepampe aus dem Hause Z.

Einmal wollte ich in einem von mir inszenierten Kindertheaterstück zur Abschreckung ein paar Takte von Zuckowskis »In der Weihnachtsbäckerei« einspielen. Eine Figur sollte aus Versehen das Radio angeschaltet haben, Sekunden des Zuckowskisongs hören, sich dann mit verzerrtem Gesicht die Ohren zuhalten und schreien: »Iiiihhhh ... was ist denn das?« Kinder und ich stehen auf solche Scherze.

Als ich mich dann aber auf die Suche nach einer Aufnahme begab, spürte ich schon beim ersten Anhören: Nein, ich würde nicht das Original abspielen können. Aus Angst, beim Erklingen der Stimme könne sich der Leibhaftige genau dort, auf der Bühne des Dortmunder Kinder- und Jugendtheaters materialisieren und von mir Besitz ergreifen. Also wählte ich eine Coverversion von Wolfgang Petry. Und das will was heißen.

Und nun kündigt der diplomierte Betriebswirt (sic!) Zuckowski an, sich »von der Bühne zurückzuziehen«. Dazu nur kurz und knapp: Danke!

Trimmy, die Fitnesswurst

IM LAUFE DER JAHRE SIEHT MAN allerhand Trends und Moden an sich vorüberziehen. Manche vergisst oder verdrängt man, andere beißen sich im Hirn fest.

So kann ich mich noch gut an die »Trimm Dich«-Bewegung der 70er-Jahre erinnern. Zwar war ich damals noch Kind, aber selbst als solches fiel mir der damals stattfindende gesellschaftliche Schwenk auf: Auf einmal war es nicht mehr angesagt – wie in den vorangegangenen 60ern – schlapp rumzuhängen, Musik zu hören, Zigaretten oder anderes brennbares Kraut zu rauchen, Kopf- und Kotelettenhaare hemmungslos wachsen zu lassen und die Vitalfunktionen auf die einer Winterschlaf haltenden Schildkröte zu reduzieren. Aktiv und »fit« sein, hieß die neue Devise, »Trimm Dich!« der flotte Imperativ. »Trimm-Dich-Pfade« wurden in die Wälder gebaut und überall, ob in Zeitungen, auf T-Shirts oder auf Cornflakes-Packungen sah man »Trimmy«, das kleine, quadratköpfige Cartoon-Maskottchen. Es gab sogar einen Adidas-Sportschuh namens »Trimm Trab«.

Aber im Gegensatz zum heutigen Lifestyle-Sportlerwesen roch die ganze Angelegenheit damals noch nach feuchtem Achselbewuchs, nach Schweiß im Schritt, nach von Körpersäften vollgesogenen Polyester-Traningsanzügen – kurzum: nach Sex im Charlotte Roche'schen Sinne. Der erste, in Münster eingerichtete Trimm-Dich-Pfad Deutschlands trug übrigens den offiziellen Namen »Schweißtropfen-Bahn«.

Doch schon die Aerobic-Bewegung der 80er-Jahre deutete an, dass Sport bald was anderes sein würde: Jane

Fonda, Sydney Rome und Konsorten erfanden das Frottee-Stirnband, den glänzenden Sportbody – an den Hüften bis unter die nunmehr rasierten Achseln ausgeschnitten – und die hochstehende Mainstream-New-Wave-Beton-Frisur, der selbst die ätzendste Sportlerschwitze nichts mehr anhaben konnte.

Inzwischen ist »Fitness« im größeren Komplex »Wellness« aufgegangen. In der »Wellness« müffelt nichts mehr, hier riecht alles nach Deoroller, Intimspray, Calendula-Massageöl und aromatherapeutischen Blütenessenzen. Das kann man gut oder doof finden. Es kann einem auch humpe sein, wie mir. Dennoch begrüße ich aus Gründen der Ausgewogenheit, dass es auch im Wellness-Business Tendenzen zurück gibt – wenn schon nicht zu Schweiß und Tränen, dann immerhin zu Fleisch und Blut.

Kürzlich schickte mir eine junge Dame, die wie ich aus Kassel stammt und den schönen Seventies-Namen »Petra« trägt, einen Zeitungsartikel mit der Überschrift »Die erste Wellness-Fleischerei in Hessen«. Hoppla, dachte ich, nicht immer so hastig lesen, Brille auf, nochmal versuchen. Doch doch, da stand wirklich »Wellness-Fleischerei«! Und darunter sah man das Foto des erfreulich mopsigen Metzger-Ehepaars Karin und Dieter Jachnik vor dem Schaufenster ihrer »wohltuenden« (so die Eigenwerbung) Wohlfühl-Schlachterei.

Im dazugehörigen Text wurde dann das Rätsel um die Wellness-Qualifikation der hessischen Knochenhauer gelöst. Was gibt es nicht alles bei Jachniks in der Friedrich-Ebert-Straße 174 in Kassel: eine »Guarana-Fitness-Wurst«, »entsäuertes« Schweinehack, »probiotische« Apfel-Zimt-Leberwurst und die beliebte Jojoba-Öl-haltige »Gute-Laune-Bratwurst mit vitaler Energie«. Gearbeitet wird dort mit Gesundstoffen wie »EroSan, Kiwi-Enzym, OPC, Probiotika, Spirulina« und selbstverständlich mit »Q 10«.

»Seit 2006 bieten wir unseren Kunden allerfeinste, rechtsdrehende Fitness-Wurstwaren an, deren Fleisch speziell von mit Müsli und Vollwertgetreide gefütterten Schweinen stammt«, wird Dieter Jachnik zitiert, dem – das vergisst der Autor nicht zu erwähnen – dereinst der Titel »Chevalier der Weißwürste« verliehen wurde. Wer diesen Ritter-der-Wurst-Titel vergibt, wurde allerdings nicht verraten. Auch nicht, ob es dazu nur eine Urkunde oder vielleicht auch einen wurstförmigen Orden gibt. Schade.

Apropos Weißwurst: Auch in Niedersachsen greift die Wellness-Fleischerei um sich. Und das sogar schon seit Längerem. So präsentierte ein Koch aus Hannover im VIP-Bereich des hannoverschen Stadions vor einiger Zeit anlässlich eines Spieles von Hannover 96 gegen Bayern München eine »Wellness-Weißwurst« aus Zanderfilet. Das Spiel ging übrigens 0:1 verloren.

Bleibt eigentlich nur noch zu fragen, mit welchem Wellness-Trend demnächst zu rechnen ist: Wellness-Spirituosen? Wellness-Kneipenschlägereien? Wellness-Heroin? Und zum Abschluss: Wellness-Beerdigungen im ayurvedischen Duftsarg?

Ich denke, da sollte noch einiges möglich sein.

Die Kanakenkinder-
Subversion

MIGRANTENKINDER SIND VOR ALLEM EINS: ein lästiges, nerviges Problem, ein »pain in the ass« der deutschen Gesellschaft. Das ist zumindest der Eindruck, den das öffentliche Delirieren der um Stimmen bettelnden Politiker und vieler Medien – vom Boulevard bis hin zu seriösen Zeitungen – vermittelt.

An was die Ausländer-Gören nicht alles schuld sein sollen! Das Versagen unseres Bildungssystems in fast jedem internationalen Vergleich liegt nicht etwa an der deutschen Discounter-Schulpolitik und einer Klassen- und Rassensegregation nach der Grundschule, sondern an der Unfähigkeit der kleinen Alis und Fatmas mitzuhalten. Die Jugendkriminalität, das wissen wir spätestens seit Roland Koch und Sarrazin, entsteht ebenfalls fast ausschließlich im nichtarischen Milieu, und selbst linke und liberale Journalisten tun so, als ob man als Jude oder Schwuler in einer national befreiten Zone in Ostdeutschland weniger gefährlich lebt als in den von Orientkids bewohnten Vierteln westdeutscher Metropolen.

Mit einer Selbstgerechtigkeit sondergleichen inszeniert sich das urdeutsche Deutschland als liberale Zivilgesellschaft, die von den bildungsfernen, kulturell auf Hass und Unterdrückung abonnierten asiatischen Horden bedroht wird. Dieses deutsche Selbstbild, das in den bürgerlichen Vororten und gentrifizierten Mittelschichts-Altbau-Vierteln der Großstädte generiert wird, hat natürlich nichts mit der Realität in der sächsischen, niedersächsischen oder oberbayerischen Provinz zu tun, wo oft eine Intoleranz gegenüber jeder Abweichung herrscht, die sich hervorragend mit jedem Islamismus-Irrsinn vertragen würde. Aber wen interessiert schon die Wirklichkeit, wenn man auf der Suche nach potentiellen Wahlkampf-Hetz-Themen ist.

Da stürzt man sich doch lieber auf die kleinsten Sündenböcke, deren Hörner, um im Bild zu bleiben, noch zu stummelig sind, um sich zu wehren. Politisch und medial kleine Orientalen zu mobben, auch wenn sie hier geboren und eigentlich Deutsche sind, ist eben eine relativ ungefährliche Angelegenheit und erzeugt kaum Widerspruch. Und das obwohl wir in einer Gesellschaft leben, in der »Kinderfreundlichkeit« auf einmal einen hohen Propagandawert hat und die Werbung gerne mit großen Kinderkulleraugen Geld verdient. Aber der Umstand, dass auch die kleinen Migrantenkinder vor allem eins sind, nämlich Kinder, wird gerne ignoriert. Und diese Kinder sind eben wie alle anderen auch: manche nett, manche pestig, manche klüger, manche dümmer. Anscheinend sind wir schon so weit, dass man solche Selbstverständlichkeiten wieder aussprechen muss.

Schon lange schaut niemand mehr auf das Potential dieser Kinder. Niemand begeistert sich dafür, dass sie zum Beispiel, um nur das Offensichtlichste zu nennen, oft zwei Sprachen beherrschen. Ach was, heißt es da, die könnten ja keine der Sprachen richtig. Darauf kann man nur sagen: Selbst wenn dem so wäre – immerhin! Wie viele Immerschon-Deutsche können noch nicht mal *eine* Sprache richtig?

Interessanterweise passiert trotz der zum Teil echten, zum Teil konstruierten Probleme mit den Kanakenkindern jetzt auch in Deutschland das, was man in angelsächsischen Ländern schon länger beobachten kann: Die Kulturlosen entern die Kultur. So wäre eine relevante deutsche Popmusik ohne die Migrantenkinder kaum denkbar und die unsäglichen Castingshows noch unerträglicher. Hier funktioniert die alte Regel: Wer ansonsten keine Chancen bekommt, der muss es eben im Sport oder Showbusiness schaffen. Aber auch für Literatur, Theater und Film werden die Parias immer wichtiger. Kunst braucht eben Reibung. Dass der erfolgreichste und interessanteste deutsche Filmemacher Fatih Akin türkische Eltern hat, ist kein Zufall, sondern nur konsequent. Und während mancher deutscher Literaturkritiker fünfundzwanzig Jahre nach Ende der DDR immer noch gen Osten starrt und auf den großen deutschen Wenderoman wartet, entstehen im Westen auf einmal Bücher, die zum Teil in der Türkei, zum Teil in Deutschland spielen und grade aus diesem Konflikt großen erzählerischen Gewinn ziehen. Die Autoren, die Namen wie Zaimoglu und Özdogan tragen, sind natürlich deutsche Schriftsteller.

Bleibt nur zu hoffen, dass solche Erfolgsgeschichten auch zur Folge haben, dass immer mehr Migrantenkinder sich weigern, die Berufsvorschläge, die die deutsche Medien-Öffentlichkeit ihnen macht, anzunehmen: Man muss kein Drogenhändler, islamistischer Terrorist und keine zwangsverheiratete Massenmutter werden. Nee, man kann auch Filme machen, Bücher schreiben. Oder sich meinetwegen zur Partei-Chefin wählen lassen.

Im Instrumentenmilieu: belogen, betrogen, gedemütigt

DIE HUNDSGEMEINEN INSTRUMENTENSCHUFTE existieren in zwei Erscheinungsformen. Zunächst gibt es da den dicklichen Old-School-Händler, der phänotypisch vor allem durch sein weißes Herrenoberhemd auffällt, das in der Körpermitte aus dem überforderten Hosenbund herauswurstelt und immer hastig nachgestopft wird. In der Regel handelt es sich dabei um den Seniorchef des einzigen Musikgeschäfts einer 65.000-Einwohner-Gemeinde. Dieser Mann ist ein professioneller Lügner. Es gibt sogar die These, dass er diesen Beruf nur ausübt, weil er wegen moralischer Verfehlungen aus der Gilde der Gebrauchtwagenhändler ausgeschlossen wurde, die Makler ihn verstoßen und selbst die Crackdealer ihn kopfschüttelnd abgewiesen hätten.

Seine idealen Opfer sind Eltern, die selbst von Musik keine Ahnung haben, ihrem Nachwuchs aber etwas ermöglichen wollen, wovon sie glauben, dass es zur Allgemeinbildung gehöre. Meist enden diese armen Kinder dann mit einem übertreuerten, grottenschlechten Keyboard in einem dem Musikgeschäft angeschlossenen »Orgelstudio«, wo sie mehrere Jahre gequält werden, bis sie in der Pubertät den Mumm zum Neinsagen finden und dem Tort entfliehen. Und fortan für den Rest ihres Lebens nie wieder ein Instrument anfassen.

Kürzlich belauschte ich ein geradezu paradigmatisches Verkaufsgespräch mit einem solchen Elternpaar. Diesmal wollte der Verkäufer richtig verdienen und pries ein elektronisches Piano der gehobeneren Preisklasse an: »Das ist technisch so weit, da hört man keinen Unterschied mehr zum echten Klavier. Vom Klang her muss man sagen: Das *ist* ein echtes Klavier!« Zum Beweis spielte er stümpernd »Für Elise« an. Die unwissenden Eltern waren beeindruckt, bis sich von hinten eine in den Noten stöbernde ältere Dame einmischte und die Dinge in einem freundlichen, aber eindeutigen Miss-Marple-Ton klarstellte: »Klaviere klingen anders!«

Der Verkäufer war verblüfft und dann sichtlich verärgert, aber ob der omahaften Erscheinung seiner Widersacherin plagten ihn doch Beißhemmungen. Dieses Problem hatte die Oma nicht. Sie erwies sich als eine Mischung aus promovierter Musikwissenschaftlerin und Physik-Nobelpreisträgerin, denn sie erklärte im Folgenden theoretisch haarklein, was man praktisch sowieso schon hören konnte: dass ein elektronisches Klavier gar nicht klingen kann wie ein Klavier aus Holz mit Saiten drin. Am Ende ihrer Ausführungen bemerkte sie, dass man für den Preis dieses E-Pianos auch schon ein gutes gebrauchtes Echt-Klavier bekäme, woraufhin der Verkäufer sie schwitzend des Ladens verwies. Die eigentlich schon kaufbereit gequatschten Eltern gingen dann allerdings auch, und durch Schaufensterscheibe konnte man sehen, wie sie im Gehen weiter den Ausführungen der alten Dame zuhörten.

Und nun zur zweiten, neuen, hippen Variante der Musikschufte: Die gibt es vor allem in Großstädten. In Vollendung habe ich sie übrigens in London erlebt. Eigentlich sind diese Verkäufer keine Verkäufer, sondern Rockstars: jung, gepierct und tätowiert bis unter die Vorhaut, auf dem Kopf einen sorgfältig verschnittenen Britpop-Mop oder eine modische Wollmütze. Klar ist: Ihre Anwesenheit in diesem Geschäft ist nur einer Verkettung tragischer Umstände zu verdanken. »In echt« gehören sie auf das Cover des *New Musical Express* oder des *Rolling Stone*. In ihren Gesichtern bewegt sich nichts – die Gesichtsmuskeln haben sich vor lauter Coolness schon lange zurückgebildet. Nur die Augenbrauen können sie noch genervt hochziehen. Angesprochen wird man von ihnen gar nicht. Man muss sie ansprechen. Will man eine Gitarre testen, nehmen sie sie von der Wand, spielen selbst kurz irgendeinen Angeber-Lick, reichen sie weiter und verlassen dann angeekelt den Raum, um sich wieder in ihre eigene Welt zurückzuziehen. Eine Welt, in der es keine Stümper gibt.

Gegenüber dem Oberhemdenwurstel haben sie allerdings einen Vorteil: Sie haben nicht das geringste Interesse, einem irgendetwas anzudrehen. Und das ist ja schon mal was.

Mein Leben als Teilzeit-Royalist

VOR EINIGEN JAHREN SCHRIEB ICH EINMAL eine Kolumne über eine Teetasse. Ich bin ja seit langem ein großer Anhänger der Beschreibung und Interpretation von Alltagsgegenständen und -phänomenen. Weil diese den Menschen – mal unter uns Jüngern der »cultural studies« gesprochen – genauso zur Selbstdefinition und Selbstvergewisserung dienen wie jedes andere kulturelle Produkt.

Manche Menschen definieren sich darüber, dass sie Wagner-Aufführungen in Bayreuth besuchen oder Thomas Pynchon lesen, andere definieren sich über die Marke ihres Computers oder ihrer Sportschuhe. Der Vorgang ist der gleiche. Dinge und Gewohnheiten werden mit Sinn aufgeladen. Das isses.

Zurück zur Teetasse. Eigentlich handelte es sich dabei eher um einen Teebecher beziehungsweise einen englischen »mug« mit einem Bild der britischen Königin darauf. Dieser Becher war neun Jahre zuvor zum 40jährigen Thronjubiläum der Queen im Jahre 1992 hergestellt und mir von meiner in England lebenden Schwester übereignet worden, weil sie zu Recht den Verdacht hegte, dass ich auf solch trashigen Kokolores stehe.

Der Mug existiert immer noch, wobei Elisabeth II. darauf kaum noch zu erkennen ist, was daran liegt, dass ich den Becher immer gnadenlos in die Spülmaschine stelle. Offensichtlich leidet darunter die Bemalung. Ich äußerte damals die raunende, macbethhexenartige Prophezeiung, dass das Bild der Queen auf dem Getränkebehältnis irgendwann ganz verblassen würde – und dann, ja erst dann könne Charles den Thron besteigen ...

Überhaupt habe ich ein enges Verhältnis zum englischen Königshaus, was sicherlich damit zu tun hat, dass ich ein enges Verhältnis zu England als Ganzem habe. Das hängt wiederum damit zusammen, dass meine Familie früher in London lebte, um genau zu sein: im Londoner Diplomaten- und Schnöselviertel Kensington. Für die manischen Streetview-Googler: die genaue Adresse lautet »11 Oakwood Court«. Ich war damals noch sehr klein und habe das nur am Rande mitbekommen, aber meine Mutter erzählte gerne davon. Und da wird es dann doch wieder explizit royal.

Zum Beispiel berichtete sie, wie sie als Gattin des jordanischen Militär-Attachés, also meines Vaters, zur alljährigen »Garden Party« oder zu Banketten der Königin in den Buckingham Palace eingeladen wurde. Dazu muss man allerdings noch erwähnen, dass sie nach ihrer Scheidung sozial und finanziell abstürzte und ich diese Geschichten in einer runtergekommenen »Neue Heimat«-Siedlung im nordhessischen Kassel erzählt bekam, weil sich Muttchen als Putzfrau nur noch eine Sozialwohnung leisten konnte. Kurzzeitig hatte ich auch den Verdacht, sie habe sich das alles nur ausgedacht, aber meine Recherchen im engeren Familienkreis bestätigten die königlichen Stories. Leider gibt es keine Fotos, auf denen meine Mutter der Queen diskret eine Damenbinde reicht oder ihr von hinten Fingerhasenohren an den Kopf hält, aber trotzdem habe ich stets, wenn ich die Royals im TV sehe, das Gefühl, diese Herrschaften gut zu kennen. Ja, mir wird familiär ums Herz.

Dazu passt auch, dass Charles und Diana mir den ersten Vollrausch meines Lebens verpassten. Denn just am Tag ihrer Hochzeit, dem 29. Juli 1981, befand ich mich, fünfzehnjährig, auf der Rückreise von London nach Frankfurt, an Bord einer »British Airways«-Maschine. Zur Feier des Tages gab es nicht nur den üblichen Umsonst-Tee, sondern kostenlosen Sekt satt. Immer wieder ließ ich mir meinen Plastikkelch von den englischen Stewardessen nachfüllen, die anscheinend noch nie etwas vom Jugendschutz gehört hatten. Zwar hatte ich vorher auch schon einige Male Alkohol getrunken, da ich das Gefühl aber nur mäßig interessant fand, nie exzessiv. Dementsprechend untrainiert war ich. Nach geschätzten sieben oder acht Sektchen erhob ich mich – ein langhaariger, putziger, kleiner Neo-Hippie – und formulierte auf Englisch einen ungelenken Toast auf das königliche Paar. Das fanden die anderen, vornehmlich britischen Fluggäste so niedlich und ergreifend, dass sie in spontanen Applaus ausbrachen. Ich setzte mich und bestellte noch ein Glas.

Als ich in Frankfurt ausstieg, war mir schon etwas mulmig. Kurz vor der Passkontrolle erbrach ich mich pittoresk und schwungvoll in einen Papierkorb. Mehrmals. Anschließend verbrachte ich drei Stunden im Sanitätsraum, bevor ich mich wackeligen Schrittes auf die Heimreise nach Nordhessen begeben konnte.

Auf die Geburt von George Alexander Louis habe ich aufgrund einer Gastritis nur mit chinesischem Heilkräuter-Tee anstoßen können. Vielleicht besser so.

Shopping-Mall-Showdown

FALLS SIE JEMALS NACH OBERHAUSEN kommen, erschrecken Sie nicht. Eigentlich ist dort alles ganz normal. Es gibt sogar eine Art Innenstadt mit einer Art Fußgängerzone. Deutscher Durchschnitt. Nicht normal beziehungsweise anders als andernorts aber ist, dass sich in dieser Innenstadt niemand aufhält. Absolut niemand. Außer Ihnen. Sie müssen ja in diesem Moment da sein, sonst könnte ihnen die Menschenleere gar nicht auffallen. Aber wahrscheinlich ist ihre Anwesenheit nur ein Zufall oder eine Art Versehen, so wie bei mir neulich.

Ich irrte mit meinem Freund Ludwig durch die Straßen der angeblich 220.000 Einwohner zählenden Ruhrgebiets-Stadt. Wie waren auf der Suche nach einem Restaurant. Ludwig ist von Beruf Schauspieler und hatte grade im Oberhausener Theater im Weihnachtsmärchen »Momo« einen amüsanten schnurrbärtigen Friseur und einen fiesen zwischen Buster Keaton und dem dauerschmökenden Helmut Schmidt angelegten »grauen Herrn« gegeben. Deswegen war ich angereist. Nach der Vorstellung, es war grade Mittagszeit, hatten wir Hunger. Da Ludwig in Oberhausen ebenfalls nur zu Gast ist, kannte er sich so mittel aus. Also gar nicht.

Wir eierten los, verliefen uns prompt, konnten aber niemanden nach dem Weg fragen. Weil niemand da war. Zunächst fielen uns die fehlenden Menschen nur im funktionalen Sinne auf, also: kein potentieller Auskunftsgeber weit und breit. Dass wir aber auch allein im existenziellen Daseins-Sinne waren, bemerkten wir nicht. Dann aber doch.

»Sachma, täusch ich mich oder sieht's hier aus wie nach'm Atomschlag?«, entfuhr es mir.

Ludwig schaute sich um. Wir befanden uns auf einem großen, komplett menschenbefreiten Platz. »Neutronenbombe!«, sagte er.

»Bitte?«

»Das muss 'ne Neutronenbombe gewesen sein. Alle Menschen weg, nuklear verpufft, aber die Gebäude sind stehengeblieben!«

Wir malten uns aus, wie wir, die letzten gottverdammten Menschen auf der gottverdammten Erde, nun plündernd durch die Geschäfte ziehen, den einen oder anderen Kleinwagen kurzschließen und gegen die Wand fahren, nur mit geklauten Bärchen-Frotteeschlafanzügen bekleidet vor dem Polizeirevier TwoStep, Lambada oder irgendeinen anderen ausgestorbenen Tanz tanzen und schließlich zur Nacht eine vierunddreißigzimmerige Stadtvilla besetzen würden. Weiter als bis zur Nachtruhe sollte man ja sowieso nie planen.

Irgendwann, nachdem wir drei weitere, nur durch umherwehendes »tumbleweed« belebte Straßen entlanggeirrt waren, fanden wir dann aber doch noch ein Speiselokal mit lebendiger Bedienung und sogar drei anderen Gästen. Wir aßen Gnocchi mit Zeug drauf.

Wieder zurück in Dortmund, wo ich zu dieser Zeit grade arbeitete, berichtete ich von meinem kuriosen Erlebnis. »Ja sicher, in Oberhausen ist niemand mehr«, wurde mir beschieden, »die sind alle im CentrO«. Und dann erklärte man mir, was man in Oberhausen unter gelungenem Strukturwandel versteht: Abseits der bis dahin mittelmäßig funktionierenden Innenstadt auf dem Gelände eines alten Stahlwerkes eine »Neue Mitte Oberhausen« bauen, was nichts anderes bedeutet als eine riesige Shopping Mall mit 70.000 qm Verkaufsfläche, drum herum Gastronomie und Entertainment-Kokolores – fertig ist die Laube. In der Innenstadt herrscht Totentanz, und die eh nur jammernden Einzelhändler können endlich einpacken. Ruhe is. Nicht nur in der eigenen Stadt. Auch die Nachbarstädte ächzen kräftig – und schicken sich an, aus Rache eigene Einkaufszentren zu bauen.

Das Ganze ist natürlich kein spezifisches Ruhrgebietsphänomen, auch in Niedersachsen passiert Gleiches. In Hannover steht sowas neben dem Bahnhof und Braunschweig leistete sich einen besonderen Klopper: Dort disqualifizierte man sich städtebaulich auf Generationen, indem man das Einkaufs-Zentrum durch einen architektonischen Treppenwitz, eine größenwahnsinnige, gefakte Schlossfassade »verschönerte«. Davon ästhetisch aufgepeitscht, baute die allmächtige Shopping-Mall-Betreiber-Firma ECE in Oldenburg eine Mall direkt neben ein echtes Schloss – übrigens mit dem Segen eines Oberbürgermeisters, der gewählt wurde, weil er ankündigte, das ECE-Center auf alle Fälle zu verhindern.

Wie merkte mein Ossi-Freund Steve doch neulich dialektisch an: »Keine wirklich selbstständigen Läden mehr, nur noch zentral organisierte Großverkaufsstellen mit einem überall identischen Angebot ... Wer hätte gedacht, dass Erich Honecker auf die Art doch noch gewinnen würde?!«

Vom Häuten der Nudel

IN MEINER MULTIKULTI-FAMILIE kursiert das Gerücht, dass über die Frage meiner Beschneidung per Münzwurf, Kopf oder Zahl, entschieden wurde. Keine Ahnung, ob das wirklich stimmt. Möglich ist es. Meine Familie scheint ja – zumindest, wenn es um wichtige Entscheidungen geht – einen Hang zum Glücksspiel zu haben. So habe ich zum Beispiel den Nachnamen meiner Tochter beim Würfeln gewonnen beziehungsweise sie meinen. Hätte ich verloren, dann trüge das Töchterlein jetzt den Namen meiner Liebsten. Und hätte damals meine deutsche Mutter gegen meinen arabischen Vater verloren, dann wäre ich beschnitten worden und könnte jetzt durch die Talkshows tingeln und ausschweifend über meinen Penis reden beziehungsweise über meine fehlende Vorhaut. Und je nach dem, könnte ich über ein schlimmes Trauma klagen oder die hygienischen und sexuellen Vorteile preisen.

Aber diese Plappersendungskarriere bleibt mir nun verwehrt, weil kein Arzt, Beschneider oder – wie bei meinem Vater – Friseur an meinem Geschlechtsteil herummanipulieren durfte. Ob das nun gut oder schlecht ist? Ich weiß es ja eben nicht, auch wenn mich der vermeintliche sexuelle Nutzen der Zirkumzision doch mal interessieren würde.

Nur damit ich nicht missverstanden werde: In einer idealen Welt schneidet niemand kleinen Jungs was vom Pimmelchen ab und niemand traumatisiert Kinder, indem er ihnen erzählt, es gäbe einen Teufel, Dämonen und eine Hölle oder einen »lieben« Gott, der »alles sieht«. Auch zwingt dort niemand Kinder, sich mit alleinstehenden Männern in dunklen Kabäuschen zu treffen und diesen dort von ihren Sünden zu berichten oder mit dem *Wachtturm* von Tür zu Tür zu gehen. Oder nimmt Kindern jegliche Zukunftschance, in dem er behauptet, sie seien in eine niedere »Kaste« hineingeboren. Aber leider ist die Welt nicht ideal.

Leider zählen auch in den sogenannten aufgeklärten Gesellschaften Erwachsenenrechte – wie die Religionsfreiheit – mehr als Kinderrechte. Doch für den Kampf gegen diesen skandalösen Umstand ist die Beschneidungsfrage das falsche Schlachtfeld. Zumindest wenn man autoritätshörig darauf vertraut, dass ein Gerichtsurteil irgendetwas in den Köpfen der Menschen bewirkt.

Klar ist doch: Verbot hin oder her, die Beschneidungen würden weiter gehen. Und wenn sich eh keiner dran hält, kann man das Verbot auch gleich lassen – eine These, die nicht zuletzt durch das seit Jahrzehnten andauernde Fiasko der Drogen-Prohibition hübsch bebildert wird. Schließlich geht es beim männlichen Beschneidungsritual nicht um ein Kapitalverbrechen wie Mord oder Vergewaltigung. Oder um ein Delikt wie die Prügelstrafe, das sich bei Duldung jeden Tag wiederholen könnte, sondern – zumindest, was das einzelne Opfer betrifft – um eine einmalige Körperverletzung. Schlimm genug, aber eben nur bedingt zu verhindern. Denn diese Körperverletzung wird aus religiösen, also irrationalen Gründen begangen. Da ist weder mit Argumenten noch mit Strafen etwas zu machen.

Wobei das propagandistische Horrorszenario der Beschneidungsbefürworter, bei einem Verbot würde die Vorhaut künftig unhygienisch von einem Hilfsschlachter auf dem Küchentisch abgesäbelt, auch Nillenkäse ist. Juden und Muslime haben dafür schon lange kompetente Fachleute oder lassen es dann eben in Holland, der Schweiz, den USA, Israel oder im nächsten Türkeiurlaub erledigen.

Leider aber haben auch die Beschneidungsgegner ihre

Irrationalismen und oft sogar ein kurioses parareligiöses Sendungsbewusstsein. Sie scheinen die Abschaffung der Beschneidung erzwingen zu wollen. Diese Art der Menschheitsbeglückung hat aber leider noch nie funktioniert, auch wenn die Beglücker in der Sache noch so sehr Recht hatten. Oft endet so etwas sogar in neuem Unrecht. Mit was will man denn drohen, damit die Eltern die Beschneidung unterlassen: mit Gefängnis? Mit Schlägen auf die vorhautfreie Eichel?

Trotzdem ist es selbstverständlich immer richtig, Menschen, die sich im Besitz der Wahrheit wähnen, egal welcher Konfession sie angehören oder welcher Weltanschauung sie huldigen, mitzuteilen, dass man ihre skurrile Weltsicht nicht teilt. Aber es ist ein Unterschied, ob man Leuten mit Strafen droht oder ob man eine gesellschaftliche Diskussion darüber beginnt, inwieweit Eltern das Recht haben, ihren Kindern im Namen einer Religion, eines Gottes oder eine Idee körperlichen oder seelischen Schaden zuzufügen. Wenn die Diskussion jetzt noch ihre anti-jüdische, anti-islamische, christlich-selbstgerechte und fürchterlich deutsch-autoritäre Schlagseite verlöre, dann könnte sie – ohne Androhung von juristischer Haue – von mir aus noch länger dauern.

Der Teufel trägt Prada – Gott trägt Slabbinck

MÄNNER ODER FRAUEN, die in einer eheähnlichen Gemeinschaft mit einem katholischen Priester leben, stehen ja oft vor dem Problem: Was schenke ich meinem Liebsten zum Geburtstag oder zum Vatertag, was stecke ich ihm zu Nikolaus in den Stiefel, was lege ich ihm zum 20. Jahrestag der Beziehung unters Kopfkissen?

Liebt man einen Piusbruder, ist das Problem schnell gelöst. Da greift man zum Gesamtwerk Ernst Zündels im Schuber, lässt eine Bleidruckausgabe der »Weisen von Zion« in Leder binden oder bestellt eine Doppel DVD über die Folterpraktiken Augusto Pinochets – und schon sieht man in ein fröhliches katholisches Traditionalistengesicht. Aber womit kann man dem mehrheitskatholischen Priester eine Freude machen?

Glücklicherweise gibt es den internationalen Priesterbedarf-Versand »Slabbinck« (www.slabbinck.de). Dort gibt es Priesterpräsente für jeden Geldbeutel und Geschmack: vom putzigen Handschmeichler-Schutzengel aus Bronze über den »Plauderstein«, einer »spielerischen Einladung zum Gebet und zur Diskussion« in Würfelform (aktuell von 14,95 € auf 9,95 € heruntergesetzt), bis zum Rosenkranzring, einem augenscheinlich auch als Flaschenöffner oder Schlagring zu benutzenden Priesterschmuckstück im protzigen Ghettoschick mit eingraviertem Text »Ave Maria – voll der Gnade«. Wenn das nicht voll der Hammer ist!

Im Textilbereich kann man zwischen drei Kollektionen wählen: Der »Heritage-Collection«, der »Designer-Collection« und der »Slabbinck Original Collection«. Wobei die Bezeichnungen der verschiedenen Linien etwas irreführend sind. So wird eine »Kasel« – in katholischen Umkleideräumen auch »lithurgischer Poncho« genannt – aus der »Heritage Collection« zwar aufwendig mit traditionellen Motiven handbestickt (Preis ca. 1500 €), wirkt dabei aber keineswegs altmodisch, sondern ist als cooles Showoutfit vollkommen »state of the art« und in seinem Glamour-Faktor eigentlich nur mit den Rhinestone-Anzügen Elvis Presleys aus seiner Las-Vegas-Phase zu vergleichen. Im Vergleich dazu wirken die Kaseln aus der günstigeren »Designer Collection« mit ihren verlaufenden Aquarellfarben anthroposoph und bieder-esoterisch und können eigentlich nur den Hausmütterchen unter den Gottesdienern empfohlen werden. Aber egal, für welches Modell man sich entscheidet, unbedingt sollte man daran denken, zur Kasel noch einen aus durchsichtigen Vinyl gefertigten Regenüberwurf (Bestellnr. 7140, 11,95 €) zu bestellen, falls der Priester während der Messe bei schlechtem Wetter mal kurz auf eine Zigarette raus muss.

Für den Alltag des modebewussten Priesters bietet Slabbinck das Hemd »Klerikos« und Poloshirts in den Größen S bis XXL an – mit weißem Wechselkragen aus Kunststoff. Wer sich jedoch mit einem Handgriff vom Priester in einen smarten Börsenmakler verwandeln will, dem sei das Priesterhemd »Brughia« ans Herz gelegt: »Als Collarhemd mit einschiebbarem weißem Kragen oder als gewöhnliches Hemd (ohne weißen Kragen) zu tragen.« Selbstverständlich bietet »Slabbinck« auch Mode für den gehobenen Priesterstand an: Von Bischöfen und Päpsten stets gerne genommen wird die »Zucchetto«, die traditionelle zucchinibürzelförmige Kippa der katholischen »It-Boys«. Bei Slabbinck gibt es sie schon ab 51 €, wohingegen man für eine rote Mitra in Pascal-Gewebe um die 600 € investieren muss.

Falls ihr Buddy aber wirklich schon alles besitzen sollte – auch eine »Abendmahlreisegarnitur« für 209 € oder die

»Papstflagge (100 x 150 cm) aus hochwertigem Polyester mit der Abbildung des offiziellen Wappens des Papstes in farbigem Siebdruck«, ideal für die Heimspiele des MSV Vatikan – dann schlagen Sie Seite 74 des Slabbinck-Kataloges auf. Dort gibt es nicht nur ein »Replikat der Dornenkrone Jesu Christi, Durchmesser ca. 30 cm« für 89 Euro, sondern auch »Asche für Aschermittwoch – aus verbrannten und gesiebten Palmzweigen; für 500 Gläubige«. Dazu noch passend das »Aschebehältnis aus Keramik, inklusive Kreuzchen 11 cm« – und eine fröhliche, tägliche Umkehrmesse im privaten Rahmen für die nächsten 500 Tage ist garantiert.

PS: Schön ist, dass Slabbinck als Nebengeschäft auch Bettwäsche (u.a. in Satin-Ausführung) anbietet. Ob jedoch nur Priester in den Betttextilien von Slabbinck ihrer Leidenschaft freien Lauf lassen dürfen, lässt sich aus der Homepage von »Slabbinck Home Creations« (www.shc.com) nicht erschließen.

Politik im Äppelwoi-Sumpf

AUCH WENN ICH NUN SCHON SEIT FAST 30 Jahren in Niedersachsen wohne, bleibe ich im Herzen Hesse. Wahrscheinlich ist es die leidvolle politische Sozialisation, die mich auf das Hessische festlegt. Das kann man nicht einfach so abstreifen. Das prägt. Und das Elend, von dem man sich da an Rhein, Main und Fulda so prägen lassen musste, war wirklich monströs ...

So lauschte ich im Alter von fünfzehn Jahren einmal auf dem Kasseler Opernplatz dem damaligen CDU-Landes-Vorsitzenden Alfred Dregger. Hhm, wie beschreibt man jüngeren Menschen so etwas wie Alfred Dregger? Vielleicht folgendermaßen: Wäre Dregger Schauspieler gewesen, hätte er in Hollywood eine große Karriere als Darsteller von SS-Offizieren machen können. Noch besser hätte er allerdings den treuen Schäferhund eines Ostfront-Generals gegeben. Es gibt Gerüchte, dass Dregger in den Fluren des hessischen Landtags mehrere Sozialdemokraten mit einem einzigen Biss in den Hals getötet habe.

Auch bei seiner Rede in Kassel zog der alte Fuldaer Kommunistenfresser zackig vom Leder. Eine Rede wie ein Stahlgewitter. Wie paralysiert stand ich in der Menge und dachte: So nahe werde ich dem Bösen nie mehr kommen, wenn ich nicht grade Satanist oder Serienkiller werde. Sicherheitshalber holte ich mir ein Autogramm, damit ich der Nachwelt auch beweisen konnte, dass ich mich der dunklen Seite der Macht auf Armeslänge genähert – und überlebt – hatte.

Aber nicht nur aus der rechten Ecke kam und kommt einem in Hessen Ekliges entgegen. Wobei ich die ungehobelten, autoritären Old-School-Sozen wie Holger »Dachlatte« Börner nur mäßig »evil« fand. Interessanter war da schon das Frankfurter Start-up-Unternehmen des Ego-Shooters Joseph »Joschka« Fischer.

Nach abgebrochener Berufsausbildung und mehreren gescheiterten Geschäftsmodellen – Revolution, Personenbeförderung, Filmstatisterie, Porno-Übersetzungen, freiberuflicher Machismo – klappte dann, quasi auf den letzten Drücker, doch noch was: Er kaperte eine Partei, stellte reihenweise Gegner kalt, ließ sich in Amt und Würden wählen und sicherte sich so eine staatliche Altersversorgung und Beraterverträge in der freien Wirtschaft. Die »Beratung« der Unternehmen besteht aber vor allem darin, dass sich Fischer – gegen ein üppiges Honorar – als Okö-Feigenblatt benutzen lässt. So tritt er zum Beispiel neuerdings in einem Werbefilm für BMW auf! Fischer erfand – lange vor Angela Merkel – die komplett inhaltsfreie, nur am Machterwerb und dem eigenen Weiterkommen orientierte Politik.

Und nun: Tarek Al-Wazir. Eigentlich passt der nicht unsympathische gebürtige Offenbacher nicht in die hessische Schurkenriege. Und trotzdem hat er die Grünen in die »erste schwarz-grüne Koalition in einem Flächenland« geführt. Warum auch immer.

Schließlich hat er doch selbst live miterlebt, wie sich die hessische CDU auf ihrem »Damit kommen wir garantiert in die Hölle«-Konto ein kleines Vermögen angespart hat. Angefangen bei der Spendenaffäre über die angeblichen »jüdischen Vermächtnisse« bis zur Anti-Doppelpass-Kampagne: »Wo kann isch dann hier geeschen die Auslända unnerschraibe?« – »Ei, hier drübbe, junge Frau!«

Nicht zuletzt ist Al-Wazir selbst immer wieder von der CDU rassistisch angegangen worden. Ob hinterfotzig wie auf den CDU-Plakaten von 2008, auf der die beiden

Konkurrenzkandidaten sehr bewusst namentlich erwähnt wurden: »Ypsilanti, Al-Wazir und die Kommunisten stoppen!« So konnte man sehr schön an die Ängste der hessischen Landbevölkerung vor Ausländern appellieren, ohne »Deutschland den Deutschen« plakatieren zu müssen. Oder noch platter, als Al-Wazir im hessischen Innenausschuss mit »Kameltreiber« betitelt wurde, oder als der CDU-Abgeordnete Clemens Reif im Parlament während einer Rede des grünen Fraktionsvorsitzenden »Geh zurück nach Sanaa!« blökte, womit Reif sagen wollte, Al-Wazir solle doch gefälligst in das Herkunftsland seines Vaters, den Jemen verschwinden.

Und mit diesen Leuten regiert Al-Wazir nun. Zu erklären ist dies einerseits mit dem verführerischen Duft einer vermeintlichen Machtausübung, andererseits mit der Fallhöhe, die Politik und Politiker in Hessen offenbar brauchen. Hessische Politik ist ein Synonym für Lügen, Intrigen, Verrat – und Scheitern. Emotion pur. Mit einer Ausnahme: Hans Eichel. Da wäre das Wort »Emotion« der falsche Interpretationsansatz.

Die Drolligkeit des Italieners

SPRACHE IST SCHON WAS SCHÖNES. Gäbe es sie nicht, müssten wir morgens beim Bäcker unsere Brötchen mit dumpfem Gegrunze und wildem Gestikulieren bestellen. Zugegeben, in manchen Regionen Deutschlands machen die Ureinwohner, die beim Backwarenkauf die lokalen Dialekte benutzen und sich an den örtlichen Verhaltenskodizes orientieren, genau einen solchen neandertaleresken Eindruck, aber mit ein wenig ethnologischem Wissen und den entsprechenden Fremdsprachenkenntnissen kann man sogar die spezielle Freundlichkeit der Oberbayern und Thüringer dechiffrieren und würdigen.

Apropos Fremdsprachen: Warum fordern ausgerechnet die diesbezüglich maulfaulen Deutschen ständig, die zugezogenen Orientalen sollten gefälligst besser Deutsch lernen? Nicht, dass man mich falsch versteht: Kaum etwas ist mir rätselhafter als Menschen, die in ein fremdes Land ziehen und nach fünf, zehn, zwanzig Jahren immer noch nicht ordentlich die Landessprache beherrschen. Obwohl ich ansonsten grundsätzlich keinen Hang habe, mich irgendwem anzupassen, wäre es doch mein Bestreben, möglichst nicht an meiner Sprache als Ausländer erkannt zu werden. Meinetwegen an meinen lustigen Kopfbedeckungen oder meinem exotischen Tanzstil, aber bitte nicht an der Sprache! Das wäre mir zu eindeutig und würde es den Idioten, die es ja nun mal überall gibt, zu einfach machen, mich schlecht zu behandeln.

Das geht hierzulande einem gewissen Prozentsatz von Türken und Arabern angeblich nicht so. Das behaupten zumindest Sarrazin und seine depperten Adepten – und dass dieser gewisse Prozentsatz der deutschunkundigen Orientalen unglaublich hoch wäre. Eine neue und seriöse Studie der Humboldt-Universität sagt übrigens nahezu das Gegenteil. Da fragt man sich doch, warum Sarrazin – ja wie soll man es nennen: lügt? Eine andere Frage ist aber, warum – selbst wenn es so wäre – schlechtes Deutsch bei zugewanderten Muselmanen offensichtlich ein größeres Problem ist als beim lustigen Eisdielen- oder Pizza-Italiener, der auch nach 30 Jahren Deutschland oft redet, als parodiere er sich selber auf einer drittklassigen Standup-Comedy-Bühne. Den aber alle lieb haben, weil er dabei eben so drollig ist.

Das hat vermutlich mit den üblichen Mechanismen des Rassismus zu tun. Der fremde Fremde ist natürlich schlimmer als der nicht ganz so fremde Fremde. Will sagen: Solange es keine Türken und Araber in Deutschland gab, galten die »Spaghettifresser«, die »Itaker« als rückständige Wilde, die zum Beispiel als Gastarbeiter in Wolfsburg in einem eingezäunten Barackenlager leben mussten. Und das in den 60er Jahren! Als aber die Orientalen kamen, fiel der deutschen Öffentlichkeit ein, dass die Italiener ja Europäer und Christen und damit nicht so schlimm sind. Schließlich gehören sie ja zu unserem Kulturkreis. Pech für die Türken. Die müssen nun warten, bis Millionen von Chinesen oder Afrikanern kommen, dann sind sie uns plötzlich doch näher als im Moment jemand vermuten möchte. Und auch die Schwarzen und Gelben gehören spätestens bei der ersten »grünen« Einwanderungswelle zu uns, wenn nämlich massenhaft Marsmännchen und -weibchen bei uns landen. So sindse, die Menschen.

Aber zurück zur Sprache: Komplett unverständlich ist mir das Phänomen der kulturtreibenden Briten und Amerikaner im Berliner Prenzlauer Berg, die auch schon seit zehn Jahren in Deutschland wohnen und oft so schlecht Deutsch sprechen, dass sie, setzte man sie in einem ostzonalen Dorf aus, verdursten müssten, weil sie noch nicht mal nach einem Glas Wasser fragen könnten. Schuld sind in diesem Fall allerdings die mit ihnen verkehrenden Deutschen aus dem Kunst- und Theatermilieu, die mit den Englischsprachlern grundsätzlich nur Englisch sprechen, weil sie selbst ja das neue, moderne, das polyglotte Deutschland repräsentieren. Ich spreche ja selbst aufgrund meiner Sozialisation gerne Englisch. Trotzdem ist mir das in diesen Situationen peinlich, nicht zuletzt weil jeder schwedische Busfahrer besser Englisch spricht als diese Plappergermanen mit Abitur, was mal wieder beweist, dass Fernsehen mehr bringt als in einem deutschen Gymnasium rumzusitzen. Zumindest wenn man Filme nicht der Unsitte des Synchronisierens unterzieht.

In keinem anderen Land der Erde weigern sich die Menschen zum Beispiel so hartnäckig, das »th« richtig auszusprechen, obwohl jeder Deutsche das selbstverständlich könnte – man muss ja nur die Zunge zwischen die Zähne klemmen. Und kurz und entspannt lispeln. Mehr nicht. Aber nein, hier spricht man immer noch gerne ein scharfes Nazi-Film-S, lacht aber andererseits über das Alder-isch-mach-disch-Krankenhaus-Deutsch der Jungtürken. Sachen gibt's.

Schweizer Socken satt

EIGENTLICH SIND KOLUMNEN über Socken seit dem 4. deutschen humorpäpstlichen Konzil, abgehalten vom 18. bis 23. März 2009 in Wuppertal-Barmen, offiziell und strengstens verboten. Die härteste Strafe – das Anschauen einer Live-DVD »Mario Barth liest Erna Brombeck« in Endlosschleife – steht übrigens auf Kolumnen über Waschmaschinen, die einzelne Socken »verschwinden lassen«, »fressen« oder in »Parallel-Universen voller einsamer, einzelner Socken teleportieren«.

Grund für das Verbot ist die angebliche Häufung von Kolumnen über solchermaßen perdu gegangene Fußkleider in den Jahren zuvor. Ich schreibe »angeblich«, weil ich zwar mehrmals Menschen über das Socken-Problem habe plappern hören, auch im Fernsehen, aber mir lediglich eine einzige Zeitungs-Kolumne zu diesem Thema vor die Lesebrille gekommen ist. Und die war noch nicht mal unlustig. Außerdem war sie von mir.

Vermutlich handelt es sich bei der Mär von der Kolumnen-Schwemme über sich dematerialisierende Socken um einen typischen Fall von urbanem Medien-Mythos, erfunden von frustrierten Redakteuren in der journalistischen Midlife-Krise.

Schlimm ist allerdings, dass es durch das Verschwundene-Socken-Kolumnen-Tabu inzwischen so weit gekommen ist, dass man gar nicht mehr über Socken schreiben darf. Dabei gäbe es über dieses Themenfeld auch jenseits des Waschmaschinen-Phänomens so viel zu berichten: die hässlichen Sockenbündchendruckränder an wabbeligen weißen Waden oder die nachlässig geschnittenen, teils scharfkantigen Fußnägel, die niegelnagelneue Socken brutal aufschlitzen. Oder sprechen wir von den armen, geschändeten Einzelsocken, die von pubertierenden männlichen Jugendlichen als Masturbationshilfe oder von Bauchrednern als Dialogpartner missbraucht werden – überall kolumnenwerte Sockenthemen! Egal, ob Socken einfach nur scheiße aussehen, weil man zu geizig ist, mehr als 99 Cent für ein Paar auszugeben. Oder ob sie, wie in meinem Fall, über ein Socken-Abo aus der Schweiz importiert werden.

Jawoll, da ist es nun, das Thema, über das ich – Verbot hin, Verbot her – jetzt einfach schreibe: Ich gestehe, ich lasse mir meine Socken aus dem Ausland schicken. Dieses Socken-Abo ist meine Art, »Ja« zum bürgerlichen Alter-Sack-Dasein zu sagen. Obenrum mag ich aussehen wie ein berufsjugendlicher Dauerschlunzstudent – am Fuß aber bin ich ein Tipitopi-Gentleman.

In diesem Zusammenhang muss ich doch mal das deutsche Kulturfernsehen loben. Denn dort, auf »arte«, sah ich im Jahr 2004 einen Bericht über die damals noch kleine Schweizer Firma »Blacksocks«, welche die prima Idee hatte, Menschen mit regelmäßig zugesandten Sockenpäckchen zu beglücken. Das Geld dafür wird abgebucht, man muss sich also um nichts kümmern. Ehrlich gesagt, habe ich dann, nachdem ich selbst den Vertrag abgeschlossen hatte, alle Rahmenbedingungen komplett vergessen: Ich weiß nicht mehr, was die Socken kosten und wie oft sie geliefert werden, ob ich das Abo irgendwann kündigen oder verlängern muss ...

Das Einzige, was ich weiß, ist, dass ab und zu eine flache Pappschachtel in meinem Briefkasten steckt. Meist denke ich dann: »Och nee, nicht schon wieder ein unaufgefordert zugeschicktes Rezensions-Exemplar eines Wellnessbuches aus der Feder einer menopausierenden ZDF-Moderatorin!«, dann aber sehe ich den Absender und weiß: »Hidiho, it's Socken-Time again!«

Die Socken sind immer die Gleichen: Schwarz, Baumwolle, Made in Italy. Und deswegen sind sie auch, ohne das Waschmaschinen-Motiv nochmals eskalieren zu lassen, untereinander kombinierbar und kompatibel. Und das Schönste ist: Sie werden immer mehr! Inzwischen kann ich wochenlang neue Socken anziehen, ohne auch nur einmal ans Waschen zu denken. Ich bin der Besitzer eines nicht versiegen wollenden Socken-Quells! Ich bin die Socken-Marie!

Nur in einem Punkt muss ich die Schweizer Sockenverschicker kritisieren: Liebe Sockenverschicker, jetzt habt Ihr mir schon zum zweiten Mal als lustigen Werbegag ein Tütchen mit zwei – ich zitiere: »Gummisocken mit original Schweizer Käsegeschmack« beigelegt. Habt Ihr sie noch alle?

Beim ersten Mal habe ich die kleinen sockenförmigen Weingummis noch probiert, und ich schwöre bei Gott, sie schmeckten wirklich nach altem, hornigen Männerfuß! Ich will gar nicht wissen, was ich als Werbegeschenk bekomme, wenn ich mich endlich dazu hinreißen lasse, mir Euer neues Unterhosen-Abo zu gönnen. Also hört um Himmelwillen auf mit diesem Quatsch!

Politik, Staub und Intimrasur

Drei Themen für ein Hallelujah

ALS POLITISCH INTERESSIERTER AUTOR muss man aufpassen, dass man nicht in eine Ecke gestellt wird. Weder parteipolitisch noch grundsätzlich. Sonst endet man als öder Politheini und wird literarisch und menschlich nicht mehr ernst genommen. So wie Jörg Kästner. Der war zwar kein Kolumnist, sondern einer meiner Mitschüler, stellte sich aber trotzdem durch sein zu eindeutiges politisches Engagement ins soziale Abseits.

Seine Eltern waren in der 175. Generation SPD-Mitglieder und so war auch Jörg qua Genmaterial dafür prädestiniert, einer der Juso-Häuptlinge in unserer hessischen Kleinmetropole zu werden. Und wie viele Jusos damals war er kein Sozialdemokrat, sondern potentieller Dschungelkämpfer, und lief nur mit schräg aufgesetzter Baskenmütze mit rotem Stern herum. Hätte es damals schon modische Che-Guevara-T-Shirts gegeben, er hätte seins getragen, bis es ihm vom Leib gefallen wäre. So aber musste er sich mit einem selbst gemalten Che-Button an seiner Mao-Jacke begnügen.

Ansonsten versuchte er ununterbrochen, alle und jeden zu agitieren, was selbst mich und meine links anpolitisierten Neo-Hippie-Freunde schwer nervte. Wir hielten aus guten Gründen Abstand. Und so führte Jörg Kästner ein einsames Leben. Das war mir eine Lehre.

Außerdem weiß jeder, dass es neben dem Kapitalismus, der Erderwärmung und Rassendiskriminierung auch noch andere Phänomene gibt, die unser Leben unerträglich machen. Und die es kolumnistisch aufzuarbeiten gilt. Zum Beispiel: Staub! Die Geißel des Bücherregals, die Plage des PC-Bildschirms, die Pest von unterm Bett ...

Manchmal habe ich Albträume, in denen ich komplett von einer dicken Schicht Staub bedeckt bin. Ich träume davon, in Staub gepökelt zu werden, die Staubplocken und Wollmäuse kriechen in meine Ohren und in meine Nase, setzen sich in meinen Lungen fest und lassen meinen Lebensmotor immer langsamer laufen, bis er schließlich stotternd stehen bleibt.

Staub ist böse, und das nicht nur einmal, sondern fortwährend. Er kommt immer wieder, egal, was man tut. Selbst wenn man – wozu ich leider psychisch nicht in der Lage bin – täglich oder wöchentlich Staub wischt. Das ist wie mit dem Rasieren. Kaum hat man es gemacht, wächst das Elend schon wieder nach. Beim Rasieren hat sich inzwischen wenigstens etwas Geschlechtergerechtigkeit eingestellt. Seit die Frauen sich Achselhöhlen, Beine und teilweise oder auch komplett untenrum rasieren, müssen nicht mehr nur wir Männer unter der haarigen Sysiphos-Arbeit leiden. Aber so wie die einzige Möglichkeit, dem Rasierzwang zu entfliehen, darin besteht, als Mann zum ungepflegten Waldschrat zu mutieren oder als Frau zur Ikone der Bear-Community zu werden, kann man sich als Staubwischverweigerer nur mit einem Leben arrangieren, von dem man immer erst den Belag wegpusten muss, wenn man es leben will.

So dachte ich zumindest bis vor kurzem. Aber dann legte ich mir ein gradezu magisches Lebenserleichterungsinstrument zu: einen akkubetriebenen Handstaubsauger. Während ich mal wieder einen durch Hausstaubmilden verursachten Asthmaanfall mit Hilfe von Cortison-Tabletten und Salbutamol-Spray überlebte, blätterte ich keuchend in einem Katalog einer englischen Edelstaubsaugerfirma. Wie ich zu diesem Katalog kam, weiß ich nicht mehr. Vermutlich hatte Gott ihn mir auf den Nachttisch gelegt.

Und da entdeckte ich neben den Hochleistungsmaschinen einen kleinen, wie eine Science-Fiction-Pumpgun aussehenden Akkusauger, der laut Kataloglyrik – im Gegensatz zu den üblichen Mobilgeräten – richtig Power haben sollte: sage und schreibe 36 Watt Saugleistung. Deswegen liefe er mit einer Akkuladung auch immer nur sechs Minuten, weil er sich dann komplett verausgabt habe und sich wieder drei Stunden in der Ladestation erholen müsse.

Ich wusste sofort: Das Ding muss ich haben. Schluss mit den fiesen Wischlappen, die das Problem ja nicht lösen, sondern verlagern, weil man sie nach kurzem Gebrauch ausschütteln muss und so der verschwunden Staub zurückkehrt ins geplagte Leben! Schluss mit den monströsen, für den kleinen Staubeinsatz untauglichen Bürst- und Klopfsaugern, die man erst aus der Kammer bugsieren und in die Steckdose stecken muss!

Liege ich jetzt müde auf meinem Bett und sehe aus den Augenwinkeln, wie der Feind – die Staubbrigade – versucht, Besitz von meinem Bücherregal oder meinen CDs zu ergreifen, greife ich kurz zum Akkusauger, starte einen minutenkurzen Angriff, stecke den Sauger zurück ins elektrische Ladeholster und döse weiter. Wissend, dass ich mich nicht kampflos ergeben werde.

Die L.-Ron-Hubbard-Signature-Gitarre

MANCHMAL HAT MAN GLÜCK. So finde ich Tom Cruise als Schauspieler ziemlich abstoßend, weswegen es mir auch relativ wurscht ist, ob er einer albernen Kasperreligion angehört, die sich ein durchgeschepperter, gewinnorientierter Ex-Science-Fiction-Autor aus Mangel an beruflichen Alternativen ausgedacht hat. Und deswegen kann es mir auch herzlich egal sein, wenn die Junge Union – wie vor einigen Jahren – vor Kinos, in denen Cruise-Filme laufen, Anti-Scientology-»Demonstrationen« abhält.

So ballaballa und gefährlich die Hubbard-Jünger in meinen Augen auch sind, fiel es mir damals doch einigermaßen schwer, die JU-Demos ernst zu nehmen. Allein schon, weil es kaum etwas absurderes gibt, als wenn Jung-CDUler demonstrieren. Das Konzept »Demonstration« – öffentlich Unzufriedenheit mit den bestehenden Verhältnissen zu äußern und eine Änderung einzufordern – steht ja bekanntermaßen den Glaubenssätzen dieser angepassten Jasager-Organisation diametral entgegen. Das bemerkte die JU dann wohl auch selbst und gab die politischen Aktionen gegen dumme Hollywoodschauspieler schnell wieder auf.

Ähnlich egal wie Tom Cruise waren mir bisher auch »Taylor«-Gitarren. »Taylor« ist die jüngste der großen amerikanischen Qualitäts-Gitarrenfirmen. Allerdings haben ihre Instrumente zwei Nachteile: Erstens klingen sie scheiße – zumindest in meinen Ohren: viel zu drahtig, klirrend und modern – und zweitens ist auch Kurt Listug, einer der beiden Taylor-Chefs, ein überzeugter Scientologe, was man auf seiner Scientology-Homepage nachlesen kann: http://scientologist.myhomepage.org/kurtlistug.

Dort ist übrigens auch sein Lieblingszitat von L. Ron Hubbard zu finden. Es klingt wie ein ungelenk formulierter Poesie-Album-Spruch: »True Greatness merely refuses to change in the face of bad actions against one – and a truly great person loves his fellows because he understands them.« Äh ja, klar: In allen vier Ecken soll Liebe drin stecken. Aber wie gesagt, bis jetzt war mir das alles wurscht, weil ich aufgrund des Sounds nie auf den Gedanken gekommen wäre, mir eine Taylor zu kaufen.

Nun begab es sich aber vor kurzem, dass ich in einem Gitarrenladen mal wieder rituell das Sortiment durchprobierte und auf eine kleine Reisegitarre stieß, die mir überraschend viel Freude bereitete: handlich, kompakt, angenehm und entspannt spielbar und für ihre geringe Größe im Sound überraschend wuchtig, altmodisch und hölzern. Und sogar erschwinglich. Kurzum, es war Liebe auf den ersten Riff. Nur schade, dass es sich um eine Taylor handelte. Und nu?

Ich wollte die Gitarre aber haben. Die klang gut. Menno! Mir doch egal, ob vom Kaufpreis hmmzich Euro an Listug und davon dann vielleicht zehn Prozent an Scientology gehen. Ich stampfte mental mit dem Fuß auf, warf mich auf den Boden und strampelte mit den Beinen – und verfluchte meine konsumistischen Moralstandards.

Auch wenn mich zynischere Zeitgenossen deswegen gerne auslachen: Ich habe vor einiger Zeit beschlossen, wenn man mich als Bürger politisch nicht ernst nimmt, dann muss ich eben als Konsument agieren. Das scheint im Kapitalismus die einzige Möglichkeit zu sein, irgendetwas zu bewirken. Das heißt: Ich versuche, wann immer es geht, Produkte zu kaufen, mit deren Produktionsmethoden und Vertriebswegen ich einverstanden bin, was übrigens gar nicht mal so schwer ist. Man kriegt inzwischen tatsächlich viel echte Bio- und Fair-Trade-Produkte, und in einer Stadt wie Hannover gibt es auch noch genügend kleine Läden, sodass man nicht zwingend bei doofen Ketten wie »Denn's Bio« kaufen muss. Man darf deren Geschäftspolitik, andere Läden gezielt kaputt zu machen, ruhig eklig und ihr Bio-Image verlogen finden. Und einfach weiterhin zum kleinen Bioladen um die Ecke gehen. Solange es ihn noch gibt. Oder am Kiosk um die Ecke Dosensuppen, Chips und zwei Pils kaufen. Je nach Bedarf.

Aber zurück zu meiner neuen Liebe. Um es kurz zu machen: Ich war inkonsequent und habe die Gitarre gekauft. Auch wenn ich damit vielleicht ein Achtel »E-Meter« oder den Druck von zehn Seiten Hubbard-Biographie mitfinanziert habe. Sorry, ich bin eben auch nur ein Mukker. Gebt mir ne schöne Gitarre und ich verrate meine Oma. Was soll ich machen?

Aber ich überlege schon die ganze Zeit, wie ich dafür Abbitte leisten könnte. Vielleicht kucke ich mir zur Strafe und zur Selbstgeißelung mal wieder einen Tom Cruise-Film an. Obwohl mir das eigentlich ein bisschen zu hart ist. Man muss es auch nicht übertreiben.

Fröhliches Kugelkucken mit Matze Horx

WAS HEUTE SO ALLES ALS BERUF durchgeht: »Trendforscher«! Oder »Zukunftsforscher«! Was bitte soll das sein, außer ein Aggregatzustand, der es einem ermöglicht, in TV-Talkshows einen Designersessel warm zu halten? Und welche Qualifikationen braucht man dafür, außer gutem Sitzfleisch und einen halbwegs sauberen Anzug?

Fragen wir doch einfach mal den bekanntesten, weil penetrantesten deutschen Trend- und Zukunftsforscher, Matthias Horx: »Der Zukunftsforscher muss sich im Prinzip in allen wichtigen Disziplinen auskennen. Er muss wahnsinnig viele Bücher, Zeitschriften und Studien lesen. Er sollte über die wichtigsten und aktuellsten Erkenntnisse der Sozial-, Geistes- und Naturwissenschaften auf dem neuesten Stand sein. Er sollte die wichtigsten Philosophen, Ökonomen und Intellektuellen kennen und über ein tiefes Verständnis der Menschheits-Geschichte verfügen.« Kurzum, Horx meint: Man muss ein Universalgelehrter sein.

Ja, warum sagt mir das denn keiner? Das ist doch der ideale Beruf für mich! Schließlich habe ich zwischen 1987 und ... äh ... irgendwann in den Neunzigern in Hildesheim »Kulturwissenschaften« studiert.

Ich weiß zwar nicht, womit man sich an der Universität Hildesheim inzwischen so die Zeit vertreibt, aber wir mussten damals noch das ganze Feld beackern, das volle Programm oder, um mit Helmut Schmidt zu sprechen, »die ganze Scheiße«. Die Künste sowieso komplett: Literatur, Theater, Tanz, Musik, bildende Kunst, Film, Ikebana, Serviettentechnik – in allen Varianten, U und E, Pop und Klassik, dead or alive.

Internet hatten wir damals noch nicht, soweit ich mich erinnere wurde das aber von uns erfunden, in einer praktischen Übung bei Prof. Dr. Hans-Otto Hügel. Dazu studierten wir noch Philosophie, Soziologie, Psychologie, Pädagogik und Botanik. Okay, das mit der Botanik stimmt nicht ganz: Mit den Naturwissenschaften hatten wir es nicht so. Aber das kann man ja schnell nachholen. Ein paar Folgen »Wissen macht Ah« und ein Geolino-Abo und schon ist man auf dem Laufenden. Oder sagen wir so: Für's Trend- und Zukunftsforschen wird's schon reichen.

Wobei: Für die Erforschung von Trends braucht man eigentlich nur zwei Augen und zwei Ohren. Vermutlich würde man sogar mit einem Auge und einem Ohr auskommen. Oder mit dem Geruchssinn. Dabei geht es ja, wie Matze Horx sagt, um Folgendes: »Trendforschung handelt von sozialen, kulturellen, ästhetischen Wandlungsprozessen, die in der GEGENWART stattfinden. Um sie zu erkennen, sind Fähigkeiten wie Sensibilität und Fingerspitzengefühl gefragt, da zählt auch das ›Bauchgefühl‹, aber man muss es ›trainieren‹.«

Das Bauchgefühl? Trainieren? Vielleicht durch regelmäßige morgendliche Sit-ups? Egal, jetzt nochmal ganz deutlich: Man kuckt hin, was so passiert, und wenn sich was ändert und viele es machen, isses ein Trend. Ich glaube, wenn man das in Zusammenhang zum Tages- oder Vortragshonorar eines Trendforschers wie Horx setzt (solche Leute werden ja auch gerne mal zu Wirtschaftskongressen und Werbewochen-Tagungen eingeladen), dann lässt sich ganz deutlich ein ökonomisch-sozialer Trend zum Sichfreudigverarschenlassen erkennen.

Aber Horx ist ja nicht nur Trend-, er ist ja auch Zukunftsforscher. Und die machen Folgendes: »Zukunftsforschung hingegen bildet aus Systemmodellen langfristige Vorhersagen oder Probabilitäten. Zukunftsforschung ist der Arbeit am Bewusstsein verpflichtet.«

Alles klar? Der »Arbeit am Bewusstsein« sind, soweit ich weiß, auch F.J. Wagner und der Papst verpflichtet. Irgendwie. Und was die »Wahrscheinlichkeiten« betrifft, um »Probabilitäten« mal aus dem Doofdeutschen zurück zu übersetzen: Die würde ich mir lieber von einer pittoresken Jahrmarktshexe vorhersagen lassen als von einem halbglatzigen Ex-Linken, der festgestellt hat, dass Geldverdienen doch geil ist – und dass es noch geiler ist, das Geld für eine fiktive Leistung zu bekommen.

Der Schotter sei Horx im Übrigen gegönnt, irgendwo müssen die Wirtschaftsunternehmen das Geld ja verklappen, wenn sie es schon nicht an ihre Mitarbeiter auszahlen, aber schön wäre es schon, wenn Leute wie Herr Horx es einfach still verdienen könnten. Ohne Lärm. Ohne uns, den trend- und zukunftslosen Rest zu belästigen.

Noch ne Frage zum Abschluss: Ist es Zufall, dass der Name »Horx« westfälisch und küstennorddeutsch ausgesprochen wie »Hoax« klingt? Natürlich »pronounced« man »hoax« auf Englisch wiederum ganz anders, aber man schreibt es genauso – mein Bauchgefühl sagt mir da irgendwas.

Hopsi lässt's krachen

ALS ICH KÜRZLICH GEFRAGT WURDE, was denn eigentlich mein Lieblingsbuch aus Kinderzeiten gewesen sei, begann zu ich grübeln, kam dann aber zu dem Ergebnis, dass es ein einzelnes »Lieblingsbuch«, einen persönlichen literarischen Nummer-Eins-Hit, in meiner Kindheit gar nicht gegeben hatte. Aber es gab viele Bücher, die mich beeindruckten. Zum Beispiel meine ABC-Fibel. Gerne behaupte ich, der Name dieser Fibel sei »Hopsi lässt's krachen« gewesen, aber das ist leider unwahr. Ganz gelogen ist es aber auch nicht. »Hopsi« war nämlich der Name des etwas durchgeschepperten, funky Siebzigerjahre-Cartoon-Eichhörnchens, das als Buchstaben-Protagonist beschwingt durch das Buch tänzelte und mich so in den Alphabetismus einführte. Eigentlich ein schöner Anfang.

Eineinhalb Jahre später bekam ich ein weniger erfreuliches Druckwerk geschenkt. Es hieß »Auf den großen Lehrer hören« und war ein gediegen irres Kindereinschüchterungsbuch der Zeugen Jehovas. Es wurde mir von einem grauen Männlein, einem Holländer mit Rudi-Carrell-Akzent überreicht, der meine Mutter an der Haustür für diesen asketischen Endzeit-Club akquirierte. Ich las das Büchlein auf einen Sitz durch und beschloss erschrocken und augenblicklich, nicht mehr zu lügen, das »Rauchen« von Kaugummizigaretten aufzugeben, keine sündige Beatlesmusik mehr zu hören, nicht mehr in der Badewanne mit meinem Pullermann zu spielen und mein Leben fortan Gott beziehungsweise »Jehova« und Jesus Christus zu weihen, damit ich nicht am Tage des Gerichts von der Erde gefegt werden würde. Mein erstes eigenes Buch jenseits der Schulpflicht-Lektüre machte mir also eine Höllenangst oder drehen wir es mal ins Positive: es machte einen so starken Eindruck auf mich, dass ich augenblicklich mein Leben von Grund auf änderte. Und das als Siebenachtjähriger. Immerhin weiß ich seitdem, dass Literatur etwas bewirken kann. Wenn auch nicht immer Gutes.

Glücklicherweise verlor ich mich literarisch nicht im Theologischen. In unserer Klassenbibliothek lieh ich mir geschätzte zwölf Mal »Die Reiherinsel« aus. Ich habe keine Ahnung mehr, worum es darin ging. Um Reiher? Sicher. Und vermutlich um eine Insel. Aber sonst? Dahin, dahin ...

Dann fand ich irgendwo ein Bändchen, eher eine Broschüre, über Dachse. Meles meles. So heißt der Dachs auf Latein. Und auf onkelmuffig heißt er »Meister Grimbart«. So wie der Fuchs »Meister Reinecke« heißt. Das stand alles in diesem Bändchen. Und dass Dachse kleine Junghasen aus dem Nest fressen. Ausgerechnet dieses Werk tippte ich Kapitel für Kapitel auf unserer alten Reiseschreibmaschine ab, heftete die 50 Seiten zusammen und überreichte das so entstandene »Buch« meiner Klassenlehrerin Frau John mit den stolzen, wenn auch nur formal wahren Worten: »Hier, das hab ich geschrieben!« Eindeutig ein früher Schub von Publikationsdrang (oder -zwang). Ein Phänomen, das auch manchen Berufsautoren noch heimsucht: Egal, was man sich da übers Jahr aus dem Hirn gewrungen, zusammendeliriert oder, wie ich damals, irgendwo abgeschrieben hat – Hauptsache, man hat zur Buchmesse in Frankfurt eine Neuerscheinung. Sonst kann man sich ja bei keiner Verlagsparty blicken lassen.

Aber zurück zu meinen Leseerfahrungen: Als ich von einer Mitschülerin erfuhr, dass man sich für 1 DM in der Stadtteilbücherei einen Leseausweis ausstellen lassen konnte, um dann damit Bücher auszuleihen – so viele wie man wollte, so oft wie man wollte –, glaubte ich, im Paradies angekommen zu sein. Ich plünderte die Regale und ignorierte dabei selbstverständlich jegliche Altersempfehlungen und gut gemeinten Ratschläge der Bibliothekarinnen.

Ich las alles kreuz und quer, konsequent eklektizistisch, ganz Kind der Postmoderne: Stevensons »Schatzinsel«, Coopers »Wildtöter«, die »Drei ???«, »Wickie und die starken Männer«, Jungs-Fußballbücher (»Elf Freunde müsst ihr sein«), Mädchen-Pferdebücher (»Black Beauty«) und etwas später, leicht frühreif, Kishon und Böll in der wirren Annahme, das sei »echte« Literatur. Die Bibliothekarin zuckte noch nicht mal mit der Wimper als ich mir dreizehnjährig die »Blechtrommel« auslieh. Das nehme ich ihr heute noch übel. Vor so was Langweiligem sollte man sowohl Kinder als auch Erwachsene dringend bewahren.

Davon abgesehen halte ich es eigentlich heute noch so: Gelesen wird, was rumliegt. Jenseits von Qualitäts- und Stildiskussionen. Irgendwann kann man schließlich alles gebrauchen.

PS: Diese jene Stadtteilbibliothek in Kassel-Helleböhn wurde übrigens vor einigen Jahren ersatzlos geschlossen. Irgendjemand wird dafür am Tag des Gerichtes bezahlen müssen. Da bin ich mir sicher.

Die Reaktion der Reaktion

DAS INTERESSANTESTE AN THILO SARRAZINS rassistischen Ausfällen ist ja, wie schnell ein Teil der medialen Öffentlichkeit von absoluter, vermutlich gespielter Empörung auf Eigentlich-hat-er-ja-recht umschwenkte, um Sarrazin dann schließlich mit flammenden Worten zur Heiligen Johanna der Redefreiheit zu stilisieren.

Wer hätte vermutet, dass sich Deutschlands Reaktionäre in einem solch bedauernswerten Zustand des verschärften Selbstmitleids befinden? Ausnahmsweise stimmt hier mal das Klischee von den Deutschen als Jammer-Weltmeister. Meine Güte, was wurde und wird sich da ob der Tatsache, dass Sarrazin für seinen rassistischen Verbalamoklauf nicht sofort das Bundesverdienstkreuz verliehen wurde, in die Tasche geheult: »Im Lande der Leisetreter und der politischen Korrektheit wird jeder, der Klartext redet, gleich niedergemacht. Erbärmlich!«, schluchzt der Historiker Arnulf Baring der Bildzeitung in den PC. Damit bedauert er selbstverständlich zuallererst sich selbst, denn auch er wurde ja »niedergemacht«, als er in einer Fernsehsendung feststellte: »Der Hitler hat ja in einem Maße dieses Land in Bewegung gebracht, was man sich heute gar nicht mehr vorstellen kann. Er hat in den 30er Jahren, was bis in die 40er, 50er – man kann sagen – in die 60er Jahre weitergewirkt hat, den Leuten einen Elan vermittelt, der vollkommen von uns gewichen ist.«

Wie allgemein bekannt ist, wurde Baring danach enteignet, zwangsbeschnitten, seine Pensionsansprüche wurden ihm gestrichen, und die geschätzten siebentausend gut bezahlten Fernsehauftritte nach dieser Äußerung konnte er nur in Anwesenheit einer Hundertschaft Bereitschaftspolizisten aus Mecklenburg-Vorpommern absolvieren. Mal abgesehen davon, dass Brad Pitt ihm eigenhändig ein Hakenkreuz in die Stirn ritzte.

Auch Hans-Olaf Henkel, ehemaliger Präsident des Bundesverbandes der Deutschen Industrie und nun freischaffender Schwadroneur, beklagt in einem Radio-Interview weinerlich, der ehemalige Berliner Finanzsenator werde »fertiggemacht«, und beschreibt in einem offenen Brief an Sarrazin den Zustand unserer Demokratie folgendermaßen: »Die Art der an Ihnen geübten Kritik aus dem politisch korrekten Milieu aus Politik und Medien stellt ein Armutszeugnis für den Zustand der Meinungsfreiheit in unserem Land dar. Ich kenne keine Demokratie, in der das Aussprechen gewisser Wahrheiten solche Konsequenzen hat.«

Hmh ... Wenn man die Angelegenheit auch nur eine Sekunde aus Henkels Perspektive betrachtet, muss man ihm sofort zustimmen: Es ist auf keinen Fall einzusehen, warum diejenigen, die die politische und wirtschaftliche Macht in diesem Land haben, nicht unkritisiert, unwidersprochen und von Medien unbehelligt ihre Meinung sagen dürfen. Ja, wo sind wir hier eigentlich?

Auch Henryk M. Broder, der weiß, wie hart es ein kann, wegen kulturalistischem Eindreschen auf Minderheiten mit einem Job zunächst als *Spiegel*- und dann als Springer-Autor bestraft zu werden, ist wie üblich empörter als empört: Zitat: »Wenn einer bei uns das Kind beim Namen nennt, dann schreit halb Deutschland: Stopft ihm das Maul!«

Ja, und in diesem Reigen der üblichen Wirrredner fehlt eigentlich nur noch die hektische Konservative Bettina Röhl, die vor Jahren Joschka Fischer als – huch, wer hätte das vermutet? – gewalttätigen, machtgeilen Parvenü entlarvte. Röhl leitet offensichtlich aus der Tatsache, dass sie die Tochter Ulrike Meinhofs ist, eine Art negative Verpflichtung ab, auf alles einzudreschen, was irgendwie nach »links« und »68« riecht.

Als konservative Widerstandskämpferin versteckt sie Sarrazin jetzt verbal in ihrem Wandschrank, damit er nicht den totalitären, mordlustigen Häschern der »political correctness« in die Hände fällt. O-Ton Röhl: »Was Sarrazin gesagt hat, muss jemand sagen dürfen, ohne dass er persönlich vernichtet wird. Der Weg von der Heuchelei zur Hatz, zur Menschenjagd, ist nicht weit.«

Auch Frau Röhl wird ihren Mut zwangsläufig damit bezahlen müssen, weiterhin gut honorierte Artikel für *Die Welt* und andere große, überregionale Zeitungen zu schreiben.

Aber jetzt mal im Ernst: Die Meinungsfreiheit ist also in Gefahr, wenn ein verbitterter, elitärer Menschenfeind seinen irrationalen Unsinn in unzähligen Interviews in Zeitungen, Radio und TV verbreiten darf, ein Buch schreiben und damit einen Bestseller landen kann, damit also sehr viel Geld verdient, und sich dann auch seinen Rücktritt als Bundesbanker mit eine Erhöhung seiner Pension auf 10.000 Euro pro Monat versüßen lässt? Eine Pension übrigens, die von allen Steuerzahlern – auch dem türkischen Gemüsehändler – bezahlt wird. Es ist schon ein hartes Schicksal, ein Märtyrer für die deutsche Sache zu sein ...

Nur gut, dass Sarrazin wenigsten hier und da auch mal gelobt wird. Wie zum Beispiel vom sächsischen NPD-Landtagsabgeordneten Gansel. Auch hier sei wörtlich zitiert: »Dem Bundesbank-Vorstand kommt das große Verdienst zu, die Überfremdungskritik der NPD endgültig salonfähig zu machen. Richtet man den Fokus auf seine bevölkerungs- und ausländerpolitischen Aussagen, kann man nur feststellen: hier hat jemand ein regelrechtes NPD-Buch geschrieben, das die Deutschen zum politischen und zivilen Widerstand gegen Landraub und Überfremdung aufruft.« Sag ich doch.

Der Hamster

Ein Leben zwischen Frust und Furor

ES GIBT EIN PAAR GROSSE MISSVERSTÄNDNISSE in der Haustierwelt. Etwa dass der Besitz eines Pitbulls ein mental schlichtes Tätowationsobjekt mit zu hohem Steroid-Verbrauch zu einem Respekt einflößenden Menschen macht. Oder – apropos gefährliche Hunderassen – dass es dem Wesen des Yorkshire Terriers entspricht, ihm rosa Schleifen ins Haar zu binden und ihn mit Pralinen zu füttern.

Zum letzten Mal: Yorkshire Terrier sind nicht niedlich! Nicht im Geringsten. Und vor allem sind sie keine Kuscheltiere für die menopausierende Society-Dame oder den Modezaren mit schockschwarzem Haubenfifi auf dem Kopf! Yorkshire Terrier sind tatsächlich Kampfhunde. Nichts anderes. Sie wurden gezüchtet, um in nordenglischen Arbeiterquartieren gegen Ratten und Mäuse eingesetzt zu werden. Und genau so hört sich ihr Gekläffe auch an: aggressiv, keifend, wütend bis zur Hysterie – im Sound nur vergleichbar mit dem Redestil des ehemaligen Bundesaußenministers Guido Westerwelle. Müsste man in einem Tiermusical einen Yorkshire Terrier besetzen, sollte man aber neben dem Ex-Minister auf alle Fälle auch noch Martin Semmelrogge und Cindy von Mahrzahn zum Casting einladen. Wobei Cindy von Mahrzahn auch großartig für die Rolle des Goldhamsters wäre – womit wir bei einem anderen Mitgeschöpf wären, dem mindestens so viel Unrecht getan wurde wie dem Rattenkiller aus England.

Der Goldhamster: Wer auch immer auf die Idee kam, diese schlechtgelaunte, dickliche Mops-Diva als ideales Haustier für Kinder zu empfehlen, sollte sofort im nächstgelegenen schlecht geführten Tierheim abgegeben und nie mehr abgeholt werden. Ich weiß, wovon ich rede.

Als Kind war ich Besitzer von mindestens zwanzig stinkmuffligen Goldhamstern. Genau weiß ich es nicht mehr, weil ich irgendwann den Überblick verloren hatte. Ständig kopulierten die Viecher miteinander, Babys wurden geboren, andere verschwanden hinterm Kleiderschrank, wurden von mir verschenkt oder gegen Schildkröten eingetauscht, die etwas schwächlichen wurden von ihrer Mutti aufgefressen, kurzum: In unserer Zweieinhalb-Zimmer-Sozialwohnung herrschte ein Nagetier-Sodom-und-Gomorrha ...

Angefangen hatte es mit Hopsi, meinem ersten Hamster, also dem Stammvater der Dynastie, den ich zur Einschulung bekam und der mich zu meinem wachsenden Kummer die ersten drei Wochen jeden Tag zweimal herzhaft in den Finger biss. Die Narben habe ich immer noch. Ich gab jedoch nicht auf und hielt meine Hand immer wieder hin, bis er irgendwann keine Lust mehr hatte oder fatalistisch wurde und ich ihn mir schnappte und endlich offensiv streicheln konnte.

Ich möchte mich hiermit offiziell und stellvertretend für alle Kinder dieser Welt bei allen Hamstern des Erdballs entschuldigen: Ich wusste es nicht besser! Kein Kind weiß es besser. Die Verkäufer in den Zoohandlungen sind schuld, weil sie den Kunden folgende entscheidenden Infos vorenthalten. Erstens: Goldhamster sind nachtaktiv, und das im wahren Sinne des Wortes: »Nacht« im Sinne von dunkel! Und Zweitens: Goldhamster stammen aus Syrien, sind also Araber. Was es bedeutet, einen um die Hüften leicht dicklichen Araber zu einer bei ihm genetisch nicht programmierten Tageszeit zu wecken, kann gerne in meinem familiären Umfeld erfragt werden. Und dabei habe ich nur den halben orientalischen DNA-Satz.

Aber bevor mir jetzt jemand vorwirft, ich wäre sowohl dem Goldhamster als auch mir selbst gegenüber rassistisch: Das mit dem arabischen Wesen des Goldhamsters stimmt auch nur bedingt. Schließlich gibt es ja auch den europäischen Feldhamster, und der soll ja, was Aggression und Haudrauf- beziehungsweise Beißrein-Mentalität angeht, dem Morgenländer in nichts nachstehen. In manchen ländlichen Gegenden Niedersachsens erzählt man sich heute noch die Geschichten von den liebestollen Pärchen, die ihrer Zuneigung nackt im sommerlichen Getreidefeld Ausdruck verliehen und dabei zu nahe an einen Feldhamsterbau gerieten. Viele von diesen Beziehungen blieben dann ja auch später kinderlos.

Null-Toleranz gegenüber Wasserschnorrern

ICH WAR NOCH NIE EIN GROSSER ANHÄNGER des sogenannten »Service«-Gedankens. Weil der im Kern eigentlich nur aussagt, dass die Bediensteten den Herrschaften gegenüber devot zu sein haben. Wie zu Adelszeiten. Die damaligen Herrschaften meinten allerdings, das Recht, bedient zu werden, sei ihnen direkt von Gott verliehen worden – okay, und dann hätten sie es sich auch noch durch jahrhundertelange hirnzersetzende Inzucht nachträglich verdient. Also quasi ein doppeltes Naturrecht.

Die heutigen Herrschaften legitimieren ihren Herrschaftsanspruch mit Geld. Schließlich, so ihre Argumentation, zahlten sie ja genug für die jeweilige Dienstleistung, so dass sie gefälligst erwarten könnten, zuvorkommend behandelt zu werde. Dass das Geld meist nicht bei denen ankommt, die die Dienstleistung ausführen, ist ihnen wurscht. Dass sie in der Regel auch gar nicht so viel bezahlen, wie sie könnten beziehungsweise was die Dienstleistung wirklich wert wäre, ist den gutverdienenden Schnäppchenjägern noch wurschter. Und am wurschtesten ist es ihnen, dass sie sich nicht entblöden, ihre Bestellungen oft ohne Höflichkeitsformeln einfach herauszubratzen und das Personal mies von der Seite anzuschnöseln.

Dementsprechend ziehe ich den Freundlichkeits-Gedanken dem Service-Gedanken entschieden vor. Weil der nämlich beinhaltet, dass auch der Kunde oder Gast freundlich zu sein hat. Wenn er dann trotzdem scheiße behandelt wird, kann er dem Kellner immer noch in die

Kniekehlen treten. Was ich übrigens neulich fast getan hätte.

Ich war mal wieder in Kassel und traf mich dort mit meinem Freund Ludwig. Ludwig, seines Zeichens Schauspieler, spielt dort grade in einem Boulevardtheaterstück verschiedene Rollen, zum Teil mit einer Perücke auf dem Kopf, zum Teil nur mit einer U-Hose bekleidet. Das wollte ich mir selbstverständlich nicht entgehen lassen. Am nächsten Tag präsentierte ich ihm meine spontan konzipierte Stadtführung »Kassel according to Hartmut El Kurdi«. Ich zeigte ihm mein Wohnhaus neben der Tierklinik, wo ich nachts immer die einsamen und kranken Hunde jaulen hörte, ich zeigte ihm die Straße, auf der ich von einem Auto angefahren wurde, weil ich bei Rot über die Ampel gerannt war, den Park, in dem ich rumgeknutscht und Rauchdrogen inhaliert hatte, die Pausenhalle meiner Schule, in der ein Mathelehrer namens »Hass« – ich weiß: keine Namenwitze! – tatsächlich geglaubt hatte, mir noch nach dem schriftlichen Abi lautstark und rotköpfig das Rauchen verbieten zu müssen. Ich dachte übrigens, ich hätte ihn damals final gedemütigt, aber tatsächlich bekam ich vor einiger Zeit eine Facebook-Freundesanfrage von ihm. Menschen gibt's!

Ludwig und ich ließen die Tour schließlich in einer italienischen Eisdiele ausklingen, in der ich ungefähr tausend Freistunden und dreitausend Blaumachstunden bei Pistazienmilchshakes und selbstgedrehten Zigaretten verbracht hatte. Wir bestellten die heute üblichen Kaffeeschaumgetränke. Dann allerdings machte ich den großen Fehler und fragte den kellnernden Besitzer der Lokalität – der zeitweise auch meine Schule besucht hatte –, ob er mir zum Kaffee noch ein Glas Leitungswasser bringen könne. Er blieb nur ganz kurz stehen und behandelte mich, als ob ich ihn gebeten hätte, mir mal schnell die Fußnägel zu schneiden. Oder mich doch bitte unauffällig unterm Tisch oral zu verwöhnen. Er bellte mir ein »Leitungswasser geb ich nicht mehr raus!« entgegen, und schon war er wieder verschwunden. Verwirrt schauten wir uns an. Als er wieder an uns vorbei ging, fragte ich noch mal höflich nach, warum ich kein Wasser bekommen könne. Noch pampiger als vorher sagte er: »Ich leb davon, dass ich Getränke verkaufe, und nicht davon, dass ich Wasser verschenke!«

Nun ist Kassel zwar nicht der Nabel der Welt, aber immerhin eine 200.000 Einwohner-Stadt, die alle fünf Jahre für 100 Tage zur Kunstmetropole der Welt mutiert. Aber so wie in dieser Eisdiele wird man noch nicht mal mehr in Eisenach oder Gera behandelt. Naja, in Eisenach vielleicht schon, aber egal. In den von mir regelmäßig besuchten Cafés in Hannover muss man noch nicht mal nach Wasser fragen – da kriegt man es entweder noch vor der eigentlichen Bestellung zur Begrüßung serviert oder es wird auf einem Extratischchen zum Selbstnehmen bereitgehalten.

Nicht so in Kassel. Als ich dem Eisdealer am Rande des Wahnsinns andeutete, dass er so vielleicht auch Kunden vertreiben könnte, sagte er: »Auf Leute, die Wasser schnorren, lege ich keinen Wert!«

Nach dem Verlassen der Eisdiele warf ich einen letzten Blick auf eine der heiligen Stätten meiner Jugend und prägte mir die Leuchtreklame nochmal ein. Ahnend, dass hier wahrscheinlich demnächst die Eröffnung eines Handyshops oder Ein-Euro-Ladens zu feiern sein würde.

Umzugskolumne
mit integriertem Antrag auf den
Niedersächsischen Verdienstorden

ALS KIND WURDE ICH OFT UND aufwendig umgezogen. Und damit meine ich nicht, dass irgendjemand ständig meine Kleidung wechselte – »wurde umgezogen« ist in diesem Fall die passive Version von »bin umgezogen« im orts- und wohnungswechselnden Sinne. Passiv, weil man als Kind ja nicht freiwillig und aktiv umzieht, sondern eine Art Möbel ist, das eingepackt und mitgenommen wird. Ob man will oder nicht.

Ich zog von Jordanien nach England, von England nach Oberhessen, von Oberhessen nach Nordhessen, von dort wieder nach England, noch einmal nach Jordanien und dann endgültig nach Deutschland. Und das alles ohne dass ich »miles«, »more« oder »Bahnbonuspunkte« sammeln konnte.

Seit dieser Zeit neige ich zur Sesshaftigkeit. Hätte man in Kassel, wo ich schließlich aufwuchs und immerhin 17 Jahre wohnte, etwas Vernünftiges mit Kultur studieren können und wären nicht alle meine Freunde nach dem Abi blitzartig aus der Stadt geflohen, würde ich wahrscheinlich immer noch dort wohnen. Eine Vorstellung, die mir einen Schauer über den Rücken jagt. Obwohl ich zu Besuchen immer wieder gerne nach Kassel zurückkehre. Aber als Dagebliebener beziehungsweise Nieweggekommener?

Inzwischen habe ich dreimal die Stadt und viermal die Wohnung gewechselt, was heutzutage im Zeitalter der

Mobilität alles in allem immer noch kurz vorm Festwachsen ist. Ganze acht Jahre wohnte ich in Hildesheim, 14 Jahre in Braunschweig und nun auch schon wieder fünf in Hannover.

Das nur nebenbei: Hildesheim-Braunschweig-Hannover: Wenn das mal keine klassische niedersächsische Städtekarriere ist! Fehlen nur noch Göttingen, Osnabrück und Oldenburg – dann bekomme ich den niedersächsischen Verdienstorden für Ausdauer und Durchhaltekraft. In Form einer goldenen Bregenwurst am Band.

Aber vorerst bleibe ich in Hannover, weil es mir da im Moment ganz gut gefällt. Allerdings muss ich jetzt innerhalb der Stadt umziehen. Unser Vermieter hat uns wegen »Eigenbedarfs« gekündigt. Eigentlich sollte ich mich freuen, denn ein Umzug ist eine schöne Gelegenheit, mal wieder ganz neu anzufangen. *Tabula rasa* zu machen.

Mein Traum ist es, bei einem Entrümpler, einem Fachmann für Haushaltsauflösungen anzurufen und zu behaupten, ich würde nächsten Dienstag eine lebenslange Haftstrafe antreten und er solle bitte meine Wohnung komplett ausräumen. Anschließend würde ich nur mit den Klamotten, die ich am Leib trage, meinem Personalausweis und meiner Bankkarte in der Hosentasche auf mein Klapprad steigen, im Tempo einer langsamen Kamerafahrt ein paar Straßen weiterfahren, dabei vielleicht auf dem ipod die neue Todd Snider hören, an der neuen Wohnung angekommen vom Rad absteigen, es an einer Laterne anschließen und fertig: Das wäre dann mein Umzug gewesen!

Die neue Wohnung würde ich dann aus dem Erlös der Wohnungsauflösung und den gesparten Umzugskosten bescheiden neu einrichten. Was braucht man schon wirklich: ein Bett, einen Schrank, einen Schreibtisch, in der Heuschnupfenzeit ein Nasenspülgerät ...

Dann wäre ich erstens den ganzen alten Kram los, den ich zum Teil seit Kassel mit mir herumschleppe, hätte mehr Platz zum rumwohnen und für meine Rückengymnastik, müsste auch nicht überlegen, welche Bücher ich vielleicht doch noch mal lese und welches Erinnerungsstück unverzichtbar ist.

Aber leider bin ich nur halbradikal. Und auch meine Familie ist nicht wirklich davon begeistert, so zu tun, als müssten wir nachts mit nur einer Reisetasche in der Hand über die innerdeutsche Grenze flüchten. Deswegen werde ich wohl doch selbst aussortieren müssen – und den Sperrmüll bestellen, Bücher zum Antiquariat tragen, e-bay-Anzeigen aufgeben.

Und schließlich: packen. Kisten packen. Viele, viele Kisten packen! Und schon wird mir wieder ganz schwummerig.

Noch schwummeriger wird mir allerdings angesichts der Tatsache, dass der vom Vermieter vorgegebene Auszugstermin immer näher rückt, wir aber immer noch keine neue Wohnung haben. Weil es keine Wohnungen gibt. Taucht doch einmal eine Wohnung auf dem Markt auf und ist gar eine Besichtigung möglich, erscheinen bei diesem Termin circa 100 Gentrifizierungszombies, wohlsituierte und geschniegelte Pärchen, wedeln mit ihren Verbeamtungsurkunden oder VW-Managementverträgen, sagen zu, die Dielen eigenhändig mit einer Nagelpfeile und einem ökologischen Scheuerschwamm abzuschmirgeln, und reichen ungefragt polizeiliche Führungszeugnisse, Empfehlungen früherer Vermieter, psychologische Gutachten, Bürgschaften ihrer Eltern und mehrseitige Beurteilungen ihrer ehemaligen Grundschullehrerinnen inklusive Kopfnoten ein. Und vor allem sind sie bereit, jeden Preis zu zahlen.

Da nutzt es auch nichts, wenn man ein durchaus normales Einkommen besitzt und niemals Mietschulden angehäuft hat und auch sonst umgänglich, freundlich und pflegeleicht ist. Auf dem heutigen Wohnungsmarkt reicht es nicht, ein guter Mieter zu sein. Man muss einen Zustand der wohlhabenden Gottgleichheit erreicht haben.

Also was tun? Zelten? Bauwagen? Aufs Land oder in

die Kleinstadt ziehen? Nach Lehrte oder Peine? Oder nach Salzgitter? Da gibt es bestimmt bezahlbare Wohnungen.

»Kauft doch was! Miete zahlen ist doch eh doof«, sagen Menschen, die Miete zahlen doof finden und sich was gekauft haben. Aber was ist, wenn man gar keinen Besitz haben und sich schon mal gar nicht dafür verschulden möchte? Weil man Schulden machen für den Anfang allen Übels hält. Mal abgesehen davon, dass es sich mit dem Kaufmarkt genauso verhält wie mit dem Mietmarkt: Auch hier sind die Preise in absurde Höhen gestiegen – wenn man nicht grade in einer 60er-Jahre-Hochhaus-Siedlung wohnen möchte.

Also durchsucht man, ohne viel Hoffnung, samstags die Wohnungsangebote, durchforscht das Internet, trägt sich bei jeder Wohnungsgenossenschaft ein, reißt im Supermarkt Zettelchen ab, nervt den ganzen Bekannten- und Fremdenkreis und kuckt jeden Tag aus Verzweiflung »mieten, kaufen, wohnen«. Dabei kann man sich wenigstens mal vorstellen, wie es wäre, wenn man tatsächlich eine Wohnung angeboten bekäme – und man müsste nur noch »Ja« hauchen und dann hätte man sie. Und die Wohnung wäre groß genug und super ausgestattet und die halbaufdringliche Maklerin mit mittelcharmantem Ost-Akzent würde sagen: »Ich bin mir sicher, dass der Vermieter im Flur neues Kirsch-Parkett verlegt und Ihnen einen Whirlpool einbaut, aber das Beste haben Sie noch nicht gesehen, machen Sie mal die Augen zu, wir gehen jetzt auf die 40 Quadratmeter Dachterrasse ...«

Aber Fernsehen ist eben Fernsehen und Hannover ist Hannover.

Automatenabitur an der Volkshochschule

VOLKSHOCHSCHULEN UND IHR ANGEBOT werden oft als lächerlich dargestellt. Vor allem von Menschen, die sich als Elite der gebildeten Schichten sehen, obwohl sie tatsächlich nur mittelmäßig was auf dem Hirnkasten haben. Aber das ist eben die Crux des deutschen Bildungssystems: Es selektiert nicht nur sozial und rassistisch und verhindert so, dass Arbeiter-, Hartzvier- und Migrantenkinder eine höhere Bildung erlangen, sondern lässt auch gleichzeitig atemberaubend viel Doofes und Selbstgerechtes aus den Mittel- und Oberschichten bis zum Universitätsabschluss durchrutschen. Irgendjemand muss ja die Seminarräume überfüllen.

Jahrelang machten Kabarettisten, wenn ihnen nix mehr einfiel, Witze über vermutlich erfundene VHS-Kurse wie »Waldbodenatmung für Anfänger« oder »Hatha-Yoga für Hausfrettchen«. Lustigerweise haben diese Kabarettisten ihre ersten Bühnenerfahrungen meist Ende der 70er in VHS-Theaterkursen wie »Finde deinen eigenen Clown« oder »Phantasieren, probieren, entdecken – Stuhlimpro I« gemacht. Aber das Gedächtnis ist nun mal kurz.

Dabei ist die Volkshochschule schon allein deswegen eine prima Erfindung, weil sie von der schönen Prämisse ausgeht, dass man immer etwas dazulernen kann. Und sollte. Grade das traditionell zwischen absolut praktisch und angenehm abseitig changierende Kursangebot ist eine große Stärke dieser Einrichtungen. Ob es die »Waldbodenatmung« jemals gegeben hat – wer weiß, aber wie schade wäre es eigentlich, wenn niemand je auf eine solch besemmelte Idee gekommen wäre? Aber vermutlich fehlt den Deutschen einfach der Respekt vor dem Exzentrischen und sinnlos Besonderen. Wobei ich vermute, dass die kreativen Kursbenennungen in der Volkshochschule in der Regel lustiger als die Kurse selbst sind.

Zum Beispiel bietet die VHS Dortmund in diesem Halbjahr die Koch- und Alliterationskurse »Fingerfood mit Pfiff«, »Häppi Häppchen – Rezeptideen für die Silvesterparty« und den Nähkurs »Mützen, Taschen und Co. KG« an. Das ist wirklich schön: »... und Co. KG« in Zusammenhang mit Nadelarbeiten!

Bei »Häppi Häppchen« musste ich sofort daran denken, wie ich dereinst in Kassel gegenüber eines Imbisses namens »Happi Happi Grill« wohnte und mich jeden Tag beim Ausdemfensterschauen über diesen Namen freute. Fast so wie zu der Zeit, als ich gegenüber von »MacSchnatter« lebte, dem ersten Burgerimbiss der Stadt, lange bevor die anderen »Mac«-Verbrecher das Land eroberten. Ob der Besitzer »Schnatter« hieß oder wie man sonst auf sowas kommt – fragt mich nicht. Auf alle Fälle gab es dort einen üppigen handgeformten und individuell gebratenen Cheesburger und einen mit Frischfrucht hergestellten Mango-Milkshake. Man möchte glatt wehmütig werden. Wo wir schon mal beim Thema Essen sind: Die VHS Hildesheim bietet übrigens auch originell betitelte Kochkurse an. Meine Top 3 sind: »Let's Wok!«, »Wilde Kost im Leinebergland« und den ebenso zupackend wie geheimnisvoll klingenden Kurs »Kochen für Männer in Algermissen«. Ich glaube so nenne ich mein nächstes Theaterstück ...

Aber jetzt zurück ins Ruhrgebiet: Auch inhaltlich leistet die Volkshochschule Dortmund Bedeutendes und springt in Bildungsbreschen, die von anderen mit großer krimineller Energie und hirnloser Wucht geschlagen werden. Mein Lieblingskurs im Bereich »Technik« ist: »Automatenschulung Deutsche Bahn«. Und genau darum geht es: Da die Deutsche Bahn alles tut, um das Benutzen von

Zügen möglichst unattraktiv und schwierig zu gestalten, bietet die VHS nun einen Kurs an, in dem man »gemeinsam mit einem Experten am Automaten trainieren« kann, um »das Beste aus dem Automaten herauszuholen, Fahrkarten schnell und unkompliziert auszudrucken, sich die günstigsten Zugverbindungen anzeigen zu lassen und Platzreservierungen vorzunehmen. Nah- und Fernverkehrsautomaten werden für Sie dann keine Geheimnisse mehr sein!«

Der Kurs wird interessanterweise nicht von einem verschrobenen, hornbebrillten Computernerd durchgeführt, sondern von »Dirk Haferkemper, Empfangschef im Reisenzentrum Dortmund Hbf«. Der Kurs dauert zwei Stunden und kostet 2 Euro. Und – was soll man sagen – damit liegt die Gebühr immer noch 50 Cent unter dem wieder zurückgezogenen Beratungsaufschlag der DB beim Kauf einer Fahrkarte am Schalter. Wenn nicht auch das wieder für die Volkshochschulen spricht!

Hintenrum-Talibanisierung durch anhaltende Kältewelle

In der Eiszeit geschrieben

JEDESMAL, WENN ICH ZUR HAUSTÜR heraustrete, spüre ich einen überraschend schmerzhaften Kälteschock auf der Haut – so als schlüge mir jemand mit voller Wucht ins Gesicht und zischte mir dann mit französischem Akzent zu: »Isch forrdere Satisfaction, Monsieur!« Wäre dem so, würde ich die Aufforderung zum Duell sofort annehmen, um dem Elend ein Ende zu bereiten. Aber in der Realität ist ja niemand zum totschießen oder ausfechten da.

In der Wirklichkeit steht ja nur der Winter vor mir und hält grinsend ein Thermometer hoch, das minus 15 Grad anzeigt. Und so schlittere ich weiter auf dem vereisten Bürgersteig meiner jeweiligen Destination entgegen, dabei rätselnd, wie sich die Verantwortlichen eigentlich das Leben von gehbehinderten Omis mit Rollator bei diesem Wetter vorstellen. Warum ist eine der reichsten Industrienationen der Welt eigentlich nicht in der Lage, Gehwege und Bürgersteige von Schnee und Eis freizuhalten? Dabei fällt mir augenblicklich eine weitere Frage ein: Kann mir irgend so ein Schlaumeierchen mal den Zusammenhang zwischen der Klimaerwärmung und den aktuellen Kälteeinbrüchen erklären?

Eine Zeitlang sah es ja ganz erwärmungstheoriekonform so aus, als würde es das ganze Jahr über immer kuscheliger. Ich kann mich noch gut daran erinnern, wie ich vor zehn Jahren mit jemandem eine ausschweifende Unterhaltung darüber führte, in der es darum ging, dass es eben gar keine richtigen Winter mehr gäbe. Ja, früher, da habe man von Ende November bis Anfang März Schlitten fahren können. Heutzutage aber gäbe es nix als Matsch und Regen, feuchte Schleim-Füße und dunkle, graue Nachmittage. Wir jammerten und beklagten uns. Es war eine langatmige Klima- und Wetter-Kritik mit sentimentalen Einschüben. Wir tauschten Schnee-Anekdoten aus, erzählten uns Eis-Witze und wärmten uns an Frosterinnerungen. Immer in der Gewissheit, solche Zeiten nie mehr erleben zu dürfen. Oder auch zu müssen, denn irgendwie waren wir trotz des emotionalen Flashbacks klammheimlich froh, uns den Arsch nicht mehr abfrieren zu müssen.

Und was ist jetzt? Seit Jahresanfang gehe ich nur noch am äußersten Rand des Bürgersteiges, damit keine herabfallenden Eiszapfen meine Schädeldecke durchbohren. Und gestern dachte ich kurz darüber nach, ob ich mir nicht zwei Huskies zulegen sollte, die mich auf meinem alten Kinderschlitten zum Einkaufen ziehen könnten. Kurzum, vielleicht habe ich es schon erwähnt: Der Winter geht mir tierisch auf den Senkel!

Das Schlimmste sind die ästhetischen Katastrophen, die die Kälte verursacht.

Seit bestimmt sechs Wochen habe ich außerhalb meiner Wohnung kein offenes Frauenhaar mehr gesehen. Mit Hilfe des Winters haben die Taliban in Niedersachsen die Macht übernommen. Selbst die weiblichen deutschen Teenager, die ihrer Umwelt sonst bei jeder Temperatur ihre leider nicht immer ansehnlichen Bauchnabel und ihre mit Stringtangas durchfurchten Arschansätze präsentieren, sind komplett verhüllt.

Oben auf dem Kopf tragen sie bis zu den Augenbrauen heruntergezogene Strickmützen und unten im Gesicht zuppeln sie ihre Wollschals so weit über die triefenden Nasen, dass nur noch ein Augenschlitz übrig bleibt. Zum Abschluss wird das ganze Ensemble dann noch mit Hilfe einer zusammengeschnürten Kapuze endgültig burkaisiert.

Aber ich gestehe: Ich bin auch nicht besser. Auch ich mummele mich ein, trage eine gelbe ABC-Schützen-Pudelmütze, Skiunterwäsche und unförmige grau-braune Wollsocken, die mir meine Mutter 1989 gestrickt hat und die seitdem in meinem Kleiderschrank darauf warteten, von den Motten aufgefressen zu werden. Leider hatten die Viecher kein Interesse an der fiesen Fußbekleidung und haben stattdessen nur meinen Lieblingspulli vernichtet.

Gerne hätte ich eine Angora-Unterhose, aber seit ich mal im TV gesehen habe, dass man, um Angora-Wolle zu gewinnen, den armen Häschen die Haare bei lebendigem Leibe brutal ausreißt, habe ich von diesem Wunsch Abstand genommen. Da friere ich lieber politisch korrekt weiter. Und tanze jeden Abend in meiner Skiunterwäsche einen schamanistischen Sonnentanz. Auf dass der wiederkehrende Feuerball unser aller harten, gefriergetrockneten Gedanken in schlagsahnige, cremige Visionen voller Love, Peace and Happiness verwandelt!

Schluss mit Lügen!

Die Thilo-Sarrazin-Homestory

ALS THILO SARRAZIN MIR DIE TÜR öffnet, macht er einen gelösten Eindruck. »Salam aleikum, junger Mann, kommense rein, könnense rauskucken. Aber Schuhe ausziehen!«, zischelt er milde. Dabei sieht man einen kleinen Nasreddin Hodscha aus seinen Augen blitzen.

»Aleikum Salam, Tach auch«, antworte ich leicht verstört und entledige mich meiner Stiefeletten.

Sarrazin führt mich ins komplett mit persischen Teppichen ausgelegte Wohnzimmer. Bevor er sich auf einem orientalischen Sitzkissen, einem sogenannten »Puff«, niederlässt, zieht er seine geräumige Pumphose noch einmal bis unter die Achseln, schiebt seinen Turban zurecht und fragt: »Teechen?« Ich nicke und er winkt beiläufig in Richtung Küche.

»So, jetzt erstma' schön eine schmöckeln!«, brummt er, während er eine große Shisha anzündet. Als sie brennt, nimmt er einen tiefen, blubbernden Zug und streicht versonnen über seinen Schnurrbart. »Aumaziehn?«

»Nee, danke.«

Sarrazin zuckt mit den Schultern. »Is aber lecker! Doppelapfel ... Egal, kommen wir zur Sache.«

Während seine mit einem bodenlangen Hidschab bekleidete Frau den Tee serviert, greift Sarrazin hinter sich und holt ein dickes Manuskript aus seiner Aktentasche. »So, das ist ... das ist die ganze Wahrheit!« An seinen bekannten, zwanghaften Wortwiederholungen merkt man, dass er nun doch etwas nervös ist. »Es musste einfach raus. Eigentlich war ich ja auch ... war ich ja auch froh, als mich Tarek Al-Wazir bei Anne Will als Araber geoutet hat! Gerüchte gab es ja schon lange, nicht nur wegen des Schnäuzers und des Namens. Aber der Tarek als .. als Halbjemenit, der hat das innerlich gespürt. Außerdem bin ich ihm zweimal im Hammam begegnet...« Leise lacht Sarrazin in sich hinein.

Und dann erzählt er seine Geschichte. Blumig beschreibt er, wie er damals in den Sechzigern vom Libanon nach Deutschland kam und wie ihm klar wurde, dass er »eine neue Legende« brauchte, wie er sich ausdrückt. »Araber waren schon damals nicht so beliebt. Ich hab mir dann erstmal einen italienischen Akzent zugelegt und in Wolfsburg im VW-Werk malocht. Aber schnell hab ich gemerkt, dass man hier nur als Deutscher was werden kann.«

Tag und Nacht paukte er dann Grammatik und Aussprache, konstruierte die Geschichte vom Hugenotten-Arztsohn aus Recklinghausen, fälschte Dokumente, trat in die SPD ein und erfand eine Ausbildung. »Ich hab behauptet, ich hätte Volkswirtschaft studiert.« Er kichert. »Volkswirtschaft! Das kann keine Sau kontrollieren. Da kann man ja nix. Hätte ich gesagt, ich bin Arzt, hätte mir jemand einen entzündeten Blinddarm auf den Tisch gelegt und ein Skalpell in die Hand gedrückt. Sogar als Jurist muss man wenigstens ein paar Paragrafen kennen. Aber als Volkswirt? Da stört es noch nicht mal, dass ich diese schlimme Rechenschwäche hab.«

Ob er denn keine Angst gehabt habe, dass die Geschichte auffliegt? »Klar, logo, täglich. Vor allem, als mich Wowi in den Senat geholt hat. Da wusste ich, jetzt wird's ernst. Jetzt nur keine Klientelpolitik machen. Also immer druff uff den Muselmann!«

»Und jetzt?«, frage ich. Sarrazin blättert in seinem Manuskript. »Jetzt ist Schluss mit den Lügen. Jetzt wird Klartext geredet. Hier steht alles drin. Es sind nämlich gar nicht die Muslime, die Deutschland und den Westen in die Scheiße reiten. Ich hab neues Zahlenmaterial. Wussten Sie zum Beispiel das 99,9 Prozent der NPD-Mitglieder deutschstämmig sind?«

Ich antworte, dass das nicht wirklich überrascht, aber Sarrazin setzt nach: »Und das FBI hat herausgefunden, das 85 Prozent des Serienmörder Weiße sind, verstehen Sie? Weiße, europäischer Herkunft! Und was sagen Sie dazu: In Saudi-Arabien gibt es so gut wie keine Alkoholiker und keine Männer mit Vorhaut-Verengung!« Sarrazin flüstert verschwörerisch: »Das habe ich alles auf dieser Internetseite gefunden: Wikileaks. Das sind Geheiminformationen!«

Ich überlege, wie ich es ihm beibringe. »Sie meinen wahrscheinlich Wikipedia, das Online-Lexikon.«

Sarrazin macht eine abwertende Handbewegung und wird unwirsch. »Das sind knallharte Zahlen. Die können Sie nicht vom Tisch wischen! Aber das werden Sie auch noch kapieren, spätestens wenn in Deutschland alle Lederhosen und Lodenmäntel tragen. So, und jetzt ist Zappo. Fatma? Bringst du unseren Gast mal raus!«

Schnell noch drückt mir Sarrazin das Manuskript in die Hand, und dreißig Sekunden später stehe ich vor der Tür. Es ist dunkel geworden.

Über Sarrazins Zwiebeldach-Villa geht der Halbmond auf.

Dumm-Dumm Boris und Laber-Loddar

VORWEG EINE INFORMATION für die jüngeren Leser: Boris Becker war einmal der beste Tennisspieler der Welt, und Lothar Matthäus hat als Fußballer so ziemlich alles gewonnen, was man gewinnen kann, national und international. Die beiden waren einst richtige Helden. Nicht unbedingt meine, weil mich Tennis nie interessiert hat und meine Fußball-Idole eine Generation vor Matthäus aktiv waren. Meine WM war die von 1974, da war ich neun und somit im besten Fußball-Fanatismus-Alter. Die EM 76 nahm ich noch mit, aber dann verschoss Uli Hoeneß den Elfer, ich bekam eine Gitarre geschenkt und alles wurde anders ...

Aber darum geht's jetzt nicht. Es geht darum, dass Becker und Matthäus früher mal was geleistet haben. Daran muss man tatsächlich immer wieder erinnern, weil Menschen unter zwanzig die beiden nur noch als komplette Vollidioten kennen.

Der eine nudelt Groupies in der Besenkammer, wird angeblich Opfer eines »Samenraubes«, hinterzieht Steuern, macht schlüpfrige TV-Werbung, und niemanden würde es überraschen, würde er die Beschaffenheit seines Morgenstuhls twittern. Der andere redet von sich in der dritten Person, gerne auch in einem grotesk schlechten Englisch, dessen Jämmerlichkeit nur noch von seinem grotesk schlechten Deutsch übertroffen wird, und heiratet zwanghaft jedes grade volljährige osteuropäische Model, das auf der Suche nach finaler finanzieller Versorgung seinen Weg kreuzt.

Es ist schon faszinierend, wie hart Becker und Matthäus an der Zerstörung ihres Mythos' arbeiten – mindestens so hart, wie sie als junge Menschen für ihren sportlichen Erfolg geschuftet haben. Sie schießen dabei aus allen Rohren und nutzen alle verfügbaren Medien. So ließ sich Matthäus zum Beispiel wochenlang im Fernsehen als Vollhonk vorführen – in seiner eigenen Doku-Soap »Lothar – immer am Ball«, wohingegen Becker sich pikanter- und absurderweise gerne schriftlich blamiert, nicht nur durch irre Tweets wie: »KOHL IST SAGENHAFT!!! Kein Wunder, dass er 16 Jahre im Amt war ...« Nein, Boris hat auch schon zwei (!) Autobiographien geschrieben. Die erste erschien 2003 unter dem poetischen Titel »Augenblick, verweile doch ...«. Interessanterweise kann man sie inzwischen nur noch als Hörbuch, als »spoken word performance« kaufen, eingelesen von Bobbele himself.

Die zweite Lebensbeichte erschien 2013 unter dem Titel »Das Leben ist kein Spiel« – und in diesem Fall musste man nicht bis zum Erscheinen des Hörbuches warten, um sie sich im Original Becker-Sound zu Gemüte zu führen. Man musste nur auf die Homepage der *Bild*-Zeitung gehen. Dort gab Boris den Märchenonkel und las in einem Nuschel-Tonfall zwischen Til Schweiger, Heinz Schenk und 2,8 Promille aus »seinem« Buch, das er natürlich nicht alleine, sondern »mit« einem gewissen Christian Schommers geschrieben hatte. Schommers ist laut Verlag übrigens »People- und Sportjournalist« – Wahnsinn, was Leute alles so als Beruf bezeichnen.

Aber *Bild* ließ Boris nicht nur vorlesen, sondern druckte auch vorab. Damit die ganze Nation schon vor dem Erscheinen des Buches erfahren konnte, dass Beckers Ex-Frau ihn gehauen hat, der Besenkammer-GV gar nicht in der Besenkammer, sondern im Treppenhaus vollzogen wurde, und die böse Sandy ihm nichts kochen wollte, obwohl er doch so schlimm Hunger hatte. Da musste er doch tatsächlich selbst losgehen und was einkaufen. Menno!

Fassungslos steht man vor dieser Selbstdemontage, dieser Peinlichkeitsperformance, erlebt dabei Fremdschäm-Exzesse und fragt sich: Warum um Himmelswillen tun die das? Haben die das nötig? Warum können sich die Borisse und Loddars dieser Welt nicht dezent ins Privatleben zurückziehen, dreimal am Tag ein Vollbad in ihrem Geldspeicher nehmen und ansonsten die Kohle still und hinter hohen Mauern genießen? Meinetwegen sollen sie da Orgien feiern, Drogen nehmen oder nackt Bibel-Dramen aufführen – aber bitter unter Ausschluss der Öffentlichkeit!

Oder, wenn sie doch raus müssen: Warum halten sie ihre Nase nicht für etwas Sinnvolles in die Kamera? Für Unicef, Greenpeace oder Amnesty International zum Beispiel. Oder wenn Gemeinwohl ihr Sache nicht ist: Warum arbeiten sie nicht einfach auf anderer Ebene, in anderen Berufen weiter, als Sportfunktionär oder Unternehmer – und werden noch reicher? Wie Franz Beckenbauer oder Niki Lauda.

Die Antwort auf all diese Fragen ist wahrscheinlich ebenso schlicht wie die Gemüter der beiden medialen Kamikaze-Flieger. Typen wie Becker und Matthäus wünschen sich nur eins: weiter berühmt zu sein. So berühmt wie früher. Mit Dauerpräsenz im Boulevard und im Fernsehen und pipapo. Da sie aber für ihren Sport zu alt sind und auch sonst nichts können, verkatzenbergern sie. Perspektive: Dschungelcamp. Vor diesem Hintergrund ist klar: Wir haben Steffi Graf viel Unrecht getan.

Schulsäufer und Seminarraucher

WAS ES ALLES SO GIBT: Zum Beispiel eine Aktion »Trinken im Unterricht«. Schirmherrin ist Dr. Heide Simonis, Ministerpräsidentin a.D., TV-Eintänzerin und SPD-Kollateralschaden, die mit folgender Schluckspecht-Weisheit zitiert wird: »Richtiges Trinken muss gelernt werden – je früher, desto besser!« Wer würde da widersprechen wollen. Wie oft sieht man Jugendliche auf Schulhöfen dilettantisch herumpicheln, hackedicht aus dem Fenster des Chemieraums fallen oder in den ökologischen Schulgarten reihern. Da würde man gerne mal den einen oder anderen Tipp geben. Aber erfahrungsgemäß nehmen die jungen Leute ja keinen Rat von Erwachsenen an.

Davon abgesehen geht es aber bei der Aktion »TiU« (so die offizielle Kurzform) selbstverständlich nicht um den alten Lehrer- und Schülerbrauch, sich den anstrengenden und öden Schulalltag schönzusaufen, sondern um die intensive Bewässerung des Körpers aus gesundheitlichen Gründen und zum Zwecke der Hirnleistungsoptimierung. Und dabei fällt einem ein und auf, dass das früher wirklich so war und heute größtenteils wohl auch noch so ist, sonst bräuchte es die Aktion ja nicht: In der Schule darf man tatsächlich nicht trinken, wenn man Durst hat!

Wenn ich mich so recht erinnere, fing bei mir die Dehydrierung schon im Kindergarten an. Und damit hier auch mal Ross und Reiter genannt werden: Es war der Evangelische Kindergarten in Kassel-Mattenberg, der mich übrigens nur aufnahm, nachdem ich armes Semi-

Muselmanenkind evangelisch nachgetauft worden war. Eine Not- und Zwangstaufe sozusagen, damit meine Mutter arbeiten gehen konnte und ich nicht schon mit fünf auf der Straße rumhängen und mit Drogen handeln musste.

Zu diesem Repressionsklima passte dann auch, dass mir eine der damals »Tanten« genannten Kindergärtnerinnen am ersten Tag auf meine freimütig geäußerte Bitte »Kann ich was zu trinken haben?« ein dominahaftes »Getrunken wird hier nur nach dem Essen« zuzischte. Als ich die Existenz meines körperlichen Bedürfnisses noch einmal mit einem lautstarken und wütenden »Aber ich hab Durst!« betonte, schaute mich die Tante verwirrt und erschrocken an, als hätte ich ihr grade erklärt, ich hörte Stimmen, die mich dazu aufforderten die gesamte Kindergartenbesatzung dem Satan zu opfern. »Durst«? Davon hatte sie anscheinend noch nie gehört. Meine Mutter trat übrigens kurze Zeit später aus der Kirche aus, aber das ist ein anderes Thema ...

Zuhause durfte ich soviel trinken, wie ich wollte. Im Gegensatz zu meiner Cousine Claudia. Bei ihr galt die gleiche Regel wie im Kindergarten: Trinken nur nach dem Essen, damit man sich den Hunger nicht verdirbt. Eine Zeitlang ging sie während des Essens aufs Klo und trank aus dem Wasserhahn. Dann durfte sie auch nicht mehr aufs Klo. Bis zu dem Tag, als sie unter die Eckbank pieselte.

In der Schule gab es bei uns sowieso kein Wasser, nur Milchtüten und Cola und Fanta aus dem Automaten. Aber auch diese Getränke durfte man nur in der Pause genießen. Das war noch bis zu meinem 1985 abgelegten Abitur so. Keine Wunder, dass ich Mathe mit einem Punkt abgeben musste.

Als ich dann ein Jahr später auf die Uni ging, durfte man dort aber zum Ausgleich im Geschichtsseminar rauchen. Immerhin.

Die Schuhe in meinem Leben

Teil 1

IM ALTER VON CA. ZEHN JAHREN besaß ich ein Paar eng, aber nicht zu eng sitzende tiefschwarze Fußballschuhe der Marke »Elite«, das mich noch geschmeidiger dribbeln, noch gewaltiger schießen und entschieden gepardenartiger an der Außenlinie entlang sprinten ließ, als es mir mein gottgegebenes Talent sowieso schon ermöglichte.

Ich liebte diese Schuhe! Sie waren trotz ihres Exklusivität verheißenden Namens die Underdogs unter den Stollenstiefeln. Billig waren sie, nur im Kaufhof zu erwerben, und niemals hätten Gerd Müller und Franz Beckenbauer auch nur ein Trainingsspiel in (keckerkeckerkecker) »Elite«-Schuhen absolviert. Sogar die Zuspieler, Wasserträger und Liga-Sklaven wie Katsche Schwarzenbeck trugen »Adidas« oder »Puma«, die Erzeugnisse der verfeindeten Dassler-Brüder aus Herzogenaurach. So auch die Wohlhabenderen unter meinen Mitschülern, und ich gestehe, lange Zeit wünschte auch ich mir diese Angebertreter. Aber für meine mütterliche Erziehungsberechtigte kam sowas nicht in die Einkaufstüte, aus einsichtigen, nämlich finanziellen Gründen. Schließlich schuftete sie sich den Buckel krumm und sah es nicht ein, dass ich die hartverdienten Moneten für eitlen Firlefanz aus dem Fenster schmiss. So kam es zum »Elite«-Kompromiss.

Beim ersten Tragen waren mir die billigen Dinger zunächst noch peinlich, doch nach dem dritten Tor bedeutete ich meinen schnöseligen Teamkameraden mit hochgezogenen Augenbrauen, dass solche Leistungen nur mit Kaufhof-Fußballschuhen zu erreichen waren. Nomen est Omen, und so wurde ich durch das Tragen dieser Schuhe zu meiner eigenen, kleinen Fußball-Elite ...

Vielleicht könnte man über diese Erfolgsgeschichte mal einen abendfüllenden englischen Spielfilm drehen. Deutsche können sowas nicht. Der Deutsche Film hat kein Herz für den kleinen Mann und wahrscheinlich erst recht nicht für den Fußballschuh des kleinen Mannes. Die Engländer sind da ganz anders.

Ich sehe es schon vor mir: Ich hieße dann Joe oder Patrick, hätte rotblonde Haare mit schräg in die Stirn hängendem Fransenpony. Die großflächigen Sommersprossen in meinem Gesicht ließen mich immer leicht ungewaschen erscheinen. Meine alleinerziehende Mutter wäre eine verschlampte Kettenraucherin mit wechselnden alkoholisierten Männerbekanntschaften und einer großen Klappe. Und einem gigantischen Herzen. Jedes zweite Wort, das aus meinem Kindermund käme, wäre ein »Fuck« oder »fucking«, wofür ich jedesmal von meiner Mutter eine geschossen bekäme. Ich und alle anderen hätten einen derb-charmanten Working-Class-Akzent, der deutsche Englisch-Leistungskurs-Gymnasiasten, die sich den Film zwecks Sprachpraxis im Original ansehen müssten (5. & 6. Stunde, Medienraum) darüber nachdenken ließe, ob man nicht vielleicht doch noch zu Bio wechseln könne.

Die erste Einstellung wäre eine klassische: Joe (oder Patrick) stünde mit einem Freund vor dem Schaufenster einer Sportwarenfachhandlung und fixierte das Objekt seiner Begierde, ein Paar teure, aus Känguru-Leder hergestellte Marken-Fußballschuhe. »Oh, Fuck«, würde er sagen, »120 Pfund! Die kauft Mum mir nie!« Und wie recht er damit hätte. »Glaubst du, du bist Prince Georgie oder was?«, würde sie kalt antworten, obwohl sie ihn natürlich liebte wie nix Gutes.

Sie würde sich eine neue »Silk Cut« anstecken, die Fluppe im Mundwinkel hängen lassen und mit dem Rücken zu ihrem Sohn ein paar Eier in die Pfanne hauen, einen Beefburger aus der Tiefkühlpackung dazugleiten lassen und die »Baked Beans« aus der schon geöffneten Dose in einen Topf kippen, dessen Plastikgriffe schon vor längerem von der offenen Gasflamme verschmort wurden. »Klar, wir könnten einfach mal ein, zwei Wochen nichts essen... dann wäre das kein Problem mit diesen Turnschuhen«. Ja, ja, in englischen Filmen ist sogar die Arbeiterklasse ironiefähig.

»Das sind Fußballschuhe! Keine Turnschuhe! Aus Känguru-Leder, verstehst du!«, würde Joe (oder Patrick) enttäuscht brüllend antworten, die Tür zuschmeißen und auf den Bolzplatz verschwinden. Am Abend käme seine Mutter noch einmal in sein Zimmer, leicht angeschickert, nähme ihn in den Arm und sagte: »OK, du bekommst ein Paar Fußballschuhe. Morgen gehen wir los und kaufen sie.« Joe würde sagen: »Mum, du riechst nach Gin!«, sich aber zu Tode freuen.

Wie man aber schon aufgrund meiner Originalgeschichte ahnen kann, versteht die Mutter leider immer noch nicht den Unterschied zwischen einem Paar sozial anerkannter und einem Paar Scheiß-Fußballschuhe, und so geht sie mit ihrem Sohn am nächsten Tag in die Sportabteilung eines Billig-Kaufhauses, stellt sich mit ihm vor das Schuhregal und sagt: »Los, du kannst dir ein Paar aussuchen! Aber mehr als 30 Pfund sind nicht drin, OK?« »Fuck«, würde Joe (oder Patrick) sagen, und dann ginge die Geschichte richtig los ...

Die Oma-Patrouille

Eine Hommage

GERNE BERICHTE ICH DAVON, welche Skurrilitäten sich in meinem direkten Wohnumfeld zutragen. Ich tue dies, um mich selbst davon zu überzeugen, dass das Leben voller packender Geschichten und berichtenswerter Vorkommnisse ist. Nur allzu leicht vergisst man dies und denkt, alles sei öde, blöde und dröge, und das einzig interessante am Dasein wäre, dass man es mit zweisilbigen Adjektiven, deren klangbestimmender Vokal der Umlaut »ö« ist, beschreiben kann – aber das ist reiner Ästhetizismus, l'art pour l'art. Und irgendwie schnöde.

Zwar erlebt man im Alltag zugegebenermaßen meist keine Monumentalereignisse Cecil B. DeMilleschen Ausmaßes, aber oft ist das Leben doch immerhin eine kurzweilige und meist sehr komische Soap-Opera. Da gibt es jeden Tag winzige Höhepunkte, überraschende Plotpoints und hin und wieder sogar richtige kleine Cliffhanger. Und dann passiert es sogar, dass es auf einmal richtig ernst wird, obwohl man das gar nicht möchte. Ein Beispiel?

Als ich vor circa drei Jahren in meine jetzige Wohnung zog, sondierte ich schnell mein Umfeld nach betrachtenswerten Menschen und Phänomenen. Und relativ schnell fielen mir zwei sehr alte Damen auf, die zweimal am Tag gemeinsam mit einem kleinen Hund eine Runde um unseren Wohnblock drehten. Immer waren sie zusammen unterwegs. Aber nicht etwa nebeneinander, den Hund in die Mitte nehmend, nein: Oma Nr. 1 ging stets voran und Oma Nr. 2 folgte ihr im Abstand von circa fünf Metern. Der Hund wurde von Oma Nr. 2 an einer langen Leine so hinter sich hergezogen, dass die drei Wesen den Eindruck einer wundersamen kleinen Prozession machten.

Das Kurioseste daran war jedoch, dass die Damen sich, während sie so karawanenartig die Häuser umkreisten, lautstark unterhielten. Eigentlich »unterhielten« sie sich nicht, sondern schrien sich geradezu an, aber auch das trifft es nicht ganz, denn das Verb »anschreien« suggeriert ja eine gewisse Zielgerichtetheit, ein Sicheinanderzuwenden. Die Karawanenführerin brüllte jedoch irgendwelche von mir nicht zu entschlüsselnden Botschaften geradeaus nach vorne, ohne sich auch nur einmal umzudrehen, und ihre Kollegin antwortete ihr ebenso desorientiert, mal in Richtung Häuserwand, mal in Richtung Hund, allerhöchstens mal gegen den Hinterkopf ihrer vorauseilenden Gesprächspartnerin bellend. Der Hund bellte nie. Manchmal steigerten sich ihre lautstarken Gespräche zu einem Donnerhall des Gebrülls, und in diesen Momenten war klar: Jetzt wird sich nicht mehr unterhalten, jetzt wird ein beinharter Konflikt ausgetragen!

Einmal ging Oma Nr. 1 nach einem solchen Streit einfach weg und ließ Oma Nr. 2 mit ihrem Hund alleine. Und die konnte das kaum fassen. Ungläubig starrte sie hinter der Deserteurin her, unterbrach ihr Starren nur kurz, um sich hilfesuchend auf der Straße umzusehen: Haben Sie das auch gesehen, ist das nicht unglaublich, fragte ihr Blick, den aber niemand aufnahm, außer mir. Von mir wollte sie aber wohl keine Bestätigung, denn als sich unsere Augen trafen, schaute sie schnell wieder weg. Das überraschte mich überhaupt nicht, denn ich ging sowieso davon aus, dass die beiden in einer Parallelwelt lebten, in der nur alte Omas und kleine Hunde existierten, und in der komische Typen, die Zeitungen in Altpapiercontainer füllten, mit Sicherheit keine adäquaten Mitleider abgaben. Trotzdem litt ich mit ihr und fragte mich:

Was wird morgen sein? Werden die beiden morgen wieder zusammen auf Streife gehen, oder war hier vielleicht eine jahrzehntelange Freundschaft auseinandergebrochen?

Natürlich patrouillierten sie am nächsten Tag wieder gemeinsam die Straße entlang als sei nichts gewesen, und selbstverständlich schrien sie sich dabei in ihrem üblichen High-Energy-Konversationston an und sorgten damit für meine Beruhigung und Unterhaltung.

Als ich dann vor einigen Wochen vom Einkaufen zurückkehrte und mir eine der alten Damen alleine, ohne ihre Partnerin und deren Hund und daher logischerweise nicht schreiend, auf dem Bürgersteig begegnete, dachte ich: Nanu, hat es wieder Streit gegeben? Und das auch noch unbeobachtet von mir? Ich bog um die Häuserecke, wachen Blickes, auf der Suche nach Oma Nr. 2, die ja wieder irgendwo erschüttert rumstehen musste. Aber ich sah sie nicht. Weder an diesem Tag noch am nächsten oder übernächsten.

Drei Tage später erzählte mir eine alteingesessene Nachbarin, was geschehen war. Es war ja auch nicht schwer zu erraten gewesen. Über das Schicksal des kleinen Hundes wusste sie jedoch auch nichts. Manchmal stelle ich mir vor, wie er jetzt im Tierheim oder bei irgendeiner verzogenen Nichte der alten Dame in der Ecke herumliegt, seine Ohren spitzt und denkt: Was für eine deprimierende Ruhe!

Happy Loving Couples

Erinnern Sie sich daran, wann Ihnen das Phänomen zum ersten Mal begegnet ist? Es war Herbst, nicht wahr, Sie hatten gerade ein kulturwissenschaftliches Studium in Hildesheim begonnen, fanden die Stadt scheiße und die Uni öde, und dann passierte auch noch das: Ihre damalige Freundin – wissen Sie's noch? – betrügt Sie mit einem kleinwüchsigen Trompeter namens Reinhold. Und macht Schluss. Aus heiterem Himmel. Offiziell braucht sie natürlich ein wenig »Abstand«, ein bisschen Zeit für sich, Luft zum Atmen, Raum sich zu entfalten ... aber in Wahrheit will sie nur mit dem Blechbläser schnackseln. Und da sind Sie eben im Weg.

Wissen Sie noch, wie Sie sich da gefühlt haben? Wie bitte? Sie haben sich gar nicht gefühlt? Weil Sie das gar nicht waren, damals in Hildesheim? Das war ... *ich*? Sind Sie sich da sicher? Aber gut, meinetwegen – letztlich ist das doch jedem schon mal passiert, oder? Sehn Sie!

Also werden Sie auch wissen, wie das dann traditionell weitergeht: Sie werfen ein Brötchen, eine Salatgurke, eine *ADAC-Motorwelt* oder irgendetwas ähnlich Sinnloses nach dem Luder oder machen sich auf andere Weise lächerlich, dann drehen Sie sich um und gehen weg.

Und schon auf dem Weg nach Hause begegnet Ihnen das erste Pärchen. Ein glückliches, frisch verliebtes, Hand-in-Hand gehendes Pärchen. Ein kicherndes, glucksendes Gleich-wenn-wir-zuhause-sind-machen-wir-uns-nackig-Pärchen. Ein Pärchen, das alles hat: sie lieben sich, sie begehren sich, sie sind atemberaubend gutaussehend, und wahrscheinlich werden sie am nächsten Wochenende im Lotto gewinnen, nein, er im Lotto, sie im Roulette oder in der Nordwestdeutschen Klassenlotterie. Oder im Pferdetoto. Und dann sind die beiden stinkereich und kaufen sich einen Jaguar, ein Wohnmobil, ein Haus im Süden und einen See in Schweden. Und die sieben gesunden, hochbegabten, athletischen Kinder, die sie in den nächsten zehn Jahren bekommen, eins nach dem anderen, plopp, plopp, plopp, plopp, plopp, plopp, plopp – die kann man ihnen auch schon ansehen. Ja, genau *so* eine Art von Pärchen ist das!

Und *sie* lächelt Ihnen im Vorbeigehen mitleidig zu. Sie versuchen, sie zu ignorieren, aber selbst wenn es Ihnen in diesem Moment gelingt, werden Sie in den nächsten Wochen tausend anderen ähnlich seligen Pärchen begegnen.

Sie sind überall. Überall nur Duos, Duette, das doppelte Glück. In Kneipen, Restaurants und Kinos, und alle verstehen sich wunderbar. Auf dem Fahrradweg sieht man nur noch Tandems und im Süßwarenregal gibt's nur noch Twix. Und man selbst wird von Tag zu Tag einsamer, einzelner und solistischer. Eine traurige Primzahl. Nur durch 1 und sich selbst teilbar ...

Irgendwann beginnt man miesepetrig zu lauern, wartet darauf, dass sich eins dieser sonnendurchfluteten Pärchen mal streitet und das Glück implodiert. Das gibt's doch gar nicht, dass die alle unentwegt im siebten, vierzehnten, einundzwanzigsten Himmel herumschweben! Das kann doch gar nicht sein.

Man sitzt zum Beispiel in einem Café, und am Nebentisch sitzt eine junge Dame und wartet offensichtlich auf ihren Freund. Sie trinkt schon den dritten Latte Macchiato, er kommt zu spät, keine Frage. Sie wird immer nervöser, holt das Handy heraus, versucht ihn zu erreichen, erfolglos. Immer wieder geht sie vor die Tür, um hektisch eine Zigarette zu rauchen und suchend die Straße abzuscannen. Irgendwann, vielleicht nach grausamen eineinhalb Stunden, zahlt sie, greift zu ihrer Jacke und will gehen. In diesem Moment kommt er herein. Er stürzt auf sie zu, gibt ihr einen Kuss auf die Wange und beginnt sich gestenreich zu entschuldigen. Man hört modisch-urbanes Wortgeklingel: Meeting, Präsentation, Rush-Hour ...

Aber in den Augen der Fastversetzten sieht man Zweifel und verletzten Stolz aufblitzen und ihre Nasenflügel beben, sie scheint an seiner Jacke die Witterung eines fremden Parfüms aufgenommen zu haben, so wie man das aus alten Ehebruch-Filmen kennt. Die Augen der attraktiven Brünetten suchen nach einem fremden, wahrscheinlich blonden Haar auf dem Jackett-Kragen. Man hofft, dass sie eins findet, man hofft, dass sie sich nicht bequatschen lässt, diesmal nicht, dass sie hart bleibt, dass sie sagt, sie lasse sich das nicht mehr bieten, sie habe jetzt die Faxen endgültig dicke. Und dann phantasiert man, sie müsse ihm doch jetzt eine knallen, richtig ordentlich eine semmeln, ihm den Rest Milchkaffee ins Gesicht schütten und dann mit erhobenem Kopf aus dem Lokal rauschen.

Aber natürlich gibt sie nach, schmilzt dahin, verzeiht ihm, und eng umschlungen ziehen sie von dannen. Oder von hinnen? Egal, zumindest bleibt man wieder allein zurück.

Und Trost findet man – wie so oft – nur in der Musik. Man geht nach Hause und legt Joe Jackson auf: »Happy Loving Couples«, wo es heißt: »Happy loving couples make it look so easy / Happy loving couples make it look so fine / Happy loving couples make it look so easy / Those happy couples are no friends of mine.« Oder wie es in dem thematisch ähnlich gelagerten Lied »Die Pärchenlüge« der Lassie-Singers formuliert wird: »Pärchen verpisst Euch / Keiner vermisst Euch!«

Im Land der Pilzbauten, Klöpse und Todesmücken

Urlaub in Dänemark

SO RECHT WEISS ICH AUCH NICHT, warum ich im Sommerurlaub gerne nach Dänemark fahre. Wobei »gerne« in diesem Zusammenhang ein relativer Begriff ist. Denn erstens ist mir nicht zweckgebundenes Reisen seit jeher suspekt, und zweitens kann ich das sogar genetisch begründen: Meine halb-orientalischen Anlagen haben zwar ein nomadisches Element, aber grade in der heißen Jahreszeit befehlen sie mir ausdrücklich, zu Hause zu bleiben, in einem abgedunkelten Raum zu sitzen, süßen Tee zu trinken und mich möglichst wenig zu bewegen. Dann geht's mir gut. Alles andere empfinde ich als lästig und anstrengend, egal, ob es sich dabei um Beach-Volleyball, Wasserski oder Akropolisbesuche handelt.

Aber in Dänemark kann man – einmal angekommen – ähnlich verwirrt herumsitzen wie in Deutschland, und so kühl wie in Niedersachsen ist es schon lange. Ansonsten ist Dänemark ziemlich öde, aber darauf kann man sich wenigstens verlassen. Vielleicht ist es auch diese Kalkulierbarkeit, die mich Dänemark ertragen lässt. Bei Dänemark muss ich nichts Überraschendes befürchten – da weiß ich, es wird scheiße, darauf kann ich mich einstellen. Scheiße wird es übrigens aus vielen Gründen.

Ein Grund sind die dänischen Ferienhäuser. Dem giftig-muffigen Geruch nach zu urteilen, werden diese komplett aus gepresstem Schimmel hergestellt, den man in einem aufwendigen Verfahren mit täuschend echt aussehendem, aber aus Plastik gearbeitetem Holzfurnier überzieht. Es handelt sich hierbei also um eine Art Schimmelplattenbauten, die, würden sie einmal labortechnisch untersucht, sofort als biologische Massenvernichtungswaffe eingestuft werden müssten. Falls das so nicht stimmen sollte, dann ist die Wahrheit aber wenigstens folgende: Das dänische Wort für Ferienhaus ist »sommerhus«, also Sommerhaus. Das bedeutet nichts anderes, als dass die Häuschen den ganzen Winter leer stehen und vor sich hin gammeln. Der Erste, der dann nach der Winterpause seinen Urlaub im Haus verbringt, muss es dann zwei bis drei Wochen im klassischen Zilleschen Berliner Hinterhaussinne trocken wohnen und alle Schimmelsporen wegatmen, um den folgenden Gästen wenigstens eine kleine Überlebenschance zu geben. Dieser Erste bin übrigens aus irgendwelchen Gründen immer ich.

Ein weiterer Grund für meine gemäßigte Begeisterung gegenüber Dänemark sind die dänischen Mücken und die Anziehungskraft, die ich auf sie habe. Für meine Mitreisenden ist das übrigens sehr angenehm. Ich diene ihnen als perfekt funktionierender Insekten-Blitzableiter. Das ist meine Bestimmung. Abends, wenn die anderen entspannt vor dem »sommerhus« sitzen, plaudern und die Geselligkeit genießen, trage ich bereitwillig, in zweidrei Meter Entfernung auf einem Klappstuhl hockend, meine Haut zu Markte und gebe meinen Freunden Mückendeckung. Während ihr fröhliches Lachen und Glucksen in meinen Ohren klingt, stürzen sich sämtliche Stechtiere exklusiv auf mich, rammen mir ihre pygmäenpfeilscharfen Saugrüssel ins Fleisch und zutzeln mich langsam und genüsslich schmatzend leer, bis ich nur noch verbeulte Hülle bin. Alle anderen anwesenden Menschen können sich nackt ausziehen und mit Preiselbeermarmelade, Honig, Zuckerrübensirup oder Käpt'n Nuss einreiben – den Mücken isses humpe.

Ob es die süßliche Süffigkeit meines Blutes oder meine

devot-jesueske Leidensfähigkeit ist, welche die Insekten dazu bringt, sich völlig auf mich zu konzentrieren, vermag ich nicht zu sagen. Fest steht, dass selbst Haut an Haut neben mir in einem Doppelbett schlafende Personen vollkommen stichfrei und erfrischt aufwachen, während ich die ganze Nacht Blut gespendet habe und so abstoßend verpockt aussehe, dass selbst Dr. Albert Schweitzer mich am Haupteingang seiner Leprakolonie Lambarene angeekelt und kreuzschlagend abgewiesen hätte.

Vor Jahren stach mich auf der Insel Fünen einmal ein vermutlich durch geheime Atomversuche mutiertes Insekt, so dass mein linker Ellenbogen auf die Größe eines Säuglingskopfes anschwoll. Die Krankenschwester im Hospital von Odense, eine einmeterfünfundachtzig große, vollbusige und kiefernregalblonde Dänendomina, zuckte bei Ansicht meiner heißpochenden, juckenden Armbeule nervös mit der Augenbraue, gab mir aber nur den mitleids- und lustlosen Rat, den Arm mit Kernseife einzureiben. Dann verließ sie zügigen Schrittes das Behandlungszimmer.

Mir war klar, eigentlich schickte sie mich zum Sterben nach Hause.

Da ich aber nicht bereit war, diese Welt so kampflos zu verlassen, ging ich anschließend in eine Apotheke und zeigte auch dort meinen elefantösen Ellenbogen, woraufhin man mir eine angeblich medizinische Salbe andrehte, die laut Aussage des Apothekers »very effectiv« sein sollte. Wirksamkeit und Geruch nach zu urteilen bestand sie allerdings zu hundert Prozent aus – klar, woraus sonst! – dickflüssigem Kernseifenschleim. Aber irgendwie überlebte ich auch diese Attacke und nach zwei Wochen fuhr ich mit 73 weiteren Stichen, aber heiteren, von jeglichem nosferatischem Insektentum verschont gebliebenen Mitreisenden nach Hause.

Die Dankbarkeit meiner Umwelt hält sich jedoch meist in Grenzen. Nur selten klopft mir nach dem Urlaub jemand auf die Schulter oder tätschelt meine zerstochene, warzige Wange. Einmal allerdings flößte mir eine junge Dame während eines Finnlandurlaubes, welcher mückentechnisch eine noch größere, geradezu unmenschliche Herausforderung als jede Dänemarkreise darstellte, einen blutbildenden Quirl-Mix aus Milch, Rotwein, rohem Ei und Traubenzucker ein und rieb meine wundgestochenen Haut zur Juckreizlinderung mit einem gefrorenen Spinatklotz ab. Das war nett, aber leider eine Ausnahme. Egal. Ich tue eben, was getan werden muss.

Übrigens sind mir die Mückenstiche noch lieber als die mich ebenfalls regelmäßig im Urlaub quälenden sinnlosen nächtlichen Fliegenangriffe – Zuhause lasse ich sowieso keine Tiere in mein Zimmer, da habe ich meine Fenster zugeschweißt und verplombt! Bei den Fliegenattacken handelt es sich übrigens um eins der ganz großen Menschheitsrätsel: Fliegen stechen nicht, saugen kein Blut – was also wollen diese Viecher von mir? Sie umschwirren immer wieder laut brummend meinen Kopf und versuchen sogar, in meine Nase und in meine Ohren zu kriechen. Halten die mich etwa für tot und wollen sie womöglich ihre Eier in mir ablegen? Im Vergleich zu dieser Vorstellung erscheint mir jeder Mückenstich wie ein romantisch-lippenstiftverschmierter Musenkuss.

Und damit wären wir auch bei meinem letzten Argument gegen Dänemark, das eigentlich, wenn ich ehrlich bin, eher für das drollige, nicht ganz eindeutige Land spricht. Und für die Frau meines Herzens. Für sie sind Holland und Dänemark nämlich eins. Es ist ihr unmöglich, die beiden semisympathischen Nachbarländer auseinander zu halten. Man kann mit ihr mitten in Kopenhagen stehen, ein lecker, fischig belegtes »Smørebrød« essen, einen knallorangefarbenen »Pølser« nachschieben, dazu eine dicke Dose »Faxe« kippen, zwischendurch ein Lied von Gitte Haenning anpfeifen, und plötzlich fragt sie:

»Wie heißt nochmal die Königin von Holland?«

Ich sage: »Willem-Alexander und es ist ein König, und

seine Frau heißt Maxima, aber das willst du doch alles gar nicht wissen.«

»Wieso?«

»Weil du eigentlich wissen möchtest, wie die Königin von Dänemark heißt!« Und dann ziehe ich etwas gönnerhaft beide Augenbrauen hoch – sie versteht und rammt mir kommentarlos ihren Ellenbogen in die Magengrube.

Wenn ich dann irgendwann wieder atmen kann, sagt sie: »Holland, Dänemark – ist doch eh alles eine Suppe!«

Aus schmerztherapeutischen Gründen weise ich sie dann nicht darauf hin, dass das wahrscheinlich weder die Holländer noch die Dänen so richtig gerne hören, zumal beide Völker in den letzten Jahren immer mal wieder schamlos ausländerfeindlich gewählt haben, also anscheinend Wert darauf legen, unter sich zu bleiben und sich ihre halluzinierte nationale Zwerg-Identität nicht verwässern zu lassen. So gesehen ist die Haltung meiner Freundin moralisch einwandfrei: Nationalismus, Patriotismus und ähnlichen Neurosen ist nur mit konsequenter Ignoranz zu begegnen, Staatsgrenzen sind zu leugnen, Ländernamen zu verwechseln!

Was ja auch keine große Kunst ist, weil heutzutage die wenigsten Länder noch etwas Originäres haben. Die kulturellen Unterschiede verwischen zusehends, und das ist nicht nur zu bejammern. Nur gegen die Biologie kommt die kulturelle Globalisierung noch nicht an.

So scheint es zum Beispiel eine genetische Eigenheit der Dänenfrauen zu sein, riesige Monster-Babys zu gebären. Zumindest wird dieser Eindruck durch die das dänische Fußgängerzonenbild prägenden gigantischen Kinderwagen vermittelt.

Als ich, es muss 1995 während des bereits erwähnten Urlaubs auf Fünen gewesen sein, die erste dieser gewaltigen Blagenkutschen sah, nahm ich aufgrund ihres 50er-Jahre-Stromliniendesigns an, es mit einem Einzelstück, einem skurrilen Kinderkarren-Oldtimer zu tun zu haben, zu dessen gestalterischen Eigenheiten eben auch eine gewisse Überdimensionierung gehöre. Aber falsch, alle dänischen Kinderwagen – egal welcher Stilepoche – wirken, als seien sie für chemisch überdüngte Mutanten gebaut. Sie haben die Breite von deutschen Zwillingskarren und sind so hoch, dass ein beliebiger Vater, zum Beispiel einer der Dalton-Brüder, bequem seine Hände in den Hosentaschen lassen und den Wagen mit seinem Kinn vorwärtsschieben könnte. Als Räder werden vollgummibereifte 28er-Fahrradfelgen eingesetzt, und mit dem Regenverdeck könnte man einen garagenlosen Mini-Van vor Nässe und Rost schützen.

Nie, niemals, never wagte ich es, einen Blick ins Innere eines dieser Babykreuzer zu werfen, aus Angst, darin einen unförmigen, fetten, fleischkloßigen, nur mit hellblondem Fisselflaum behaarten Wikingerklops zu entdecken und sofort zu erblinden. Oder von dem drallen, ewig hungrigen Ungetüm blitzartig gepackt, in den Wagen gezogen und verschlungen zu werden.

Meine abgebuffte Freundin ist da weniger schisshasig. Als ich ihr von meinen Phantasien erzählte, stoppte sie den nächsten Kinderwagen mit der professionellen Routine einer Verkehrspolizistin, schaute hinein, winkte ihn weiter und sagte: »Das war ein ganz normales Kind ... mit viel Platz drumrum. Die scheinen einfach nur Angeber zu sein ... diese Holländer!«

Ich nickte beruhigt und schwieg.

Und beschloss wiederzukommen.

Immer wieder ...

Jehova revisited

Protokoll einer simulierten Heimkehr

DEN LETZTEN JEHOVAS ZEUGEN-KONGRESS hatte ich 1978 besucht. Mit dreizehn. Damals stand ich kurz davor, mich von Gottes auserwähltem Volk zu verabschieden, um fortan ein Leben in Sünde zu führen, d.h. Geburtstagspartys zu besuchen, Rockmusik zu hören, mich zu befummeln und – falls Vicky Horn es denn zuließe – gerne auch mal wild rumzuknutschen. Ich weiß noch, dass ich am Ende des mehrtägigen Sektenkirchentages tief durchatmete und nicht ohne pubertäres Pathos dachte: Das war's! Nie wieder!

Zwar dauerte es noch ein auseinandersetzungsreiches Dreivierteljahr inklusive schwerster Schuldgefühle und angstschweißgesättigter Alpträume, bis sowohl meine Mutter als auch die »Ältesten« unserer Versammlung einsahen, dass sie mich endgültig an den Satan verloren hatten. Oder welch böse Macht sie auch immer imaginierten. Aber dann war tatsächlich Ruhe im Karton. Nie wieder musste ich beschlipst und beanzugt einen »Königreichssaal« betreten, nie wieder musste ich predigend von Tür zu Tür gehen und dabei jedesmal befürchten, einer meiner Mitschüler könnte öffnen, mich auslachen und dann beim allmontäglichen »Wer hat am Wochenende die schärfste Geschichte erlebt«-Wettbewerb mit meinem peinlichen Auftritt als Jehova-Hausierer punkten. Und nie wieder nahm ich an einem Kongress teil. Bis zum Sommer des Jahres 2003.

In einer Mischung aus düsterer Sentimentalität und

schriftstellerischer Abenteuerlust hatte ich in diesem Jahr beschlossen, den zufälligerweise an meinem damaligen Wohnort Braunschweig stattfindenden »Bezirkskongress« (Tagungstitel »Verherrlicht Gott«) zu besuchen. Veranstaltungsort war ein Fußballstadion, in dem ansonsten der tragische Traditionsverein Eintracht Braunschweig Saison für Saison von beliebigen Gegnern gedemütigt, gekreuzigt und verscharrt wird – und doch immer wieder von den Toten aufersteht! Mythischer Boden also, ein Ort der tiefen Religiosität. Statt mit gegeißelten Eintracht-Gläubigen waren die Ränge nun aber mit rund 10.000 Jehovas Zeugen aus ganz Niedersachsen gefüllt, die entschlossen waren, drei Tage lang die Seele ordentlich strammstehen zu lassen.

Etwas mulmig war mir schon zumute, als ich am ersten Morgen das Stadion betrat. Ich wusste nicht, ob ich mich überhaupt noch zurechtfinden würde. Ich wollte ja undercover arbeiten und dabei nicht durch Uninformiertheit oder Verstöße gegen die Etikette auffallen. Ein Blick auf den am Infostand ausliegenden Ablauf-Zettel beruhigte mich schnell. Zumindest auf dem Papier schien sich seit 1978 nichts geändert zu haben. Die Struktur und die Inhalte der Kongresse schienen fast gleich geblieben zu sein. Als das Sektentreffen kurz darauf offiziell eröffnet wurde und seinen christlichen Gang ging, legte sich auch der letzte Rest Unsicherheit. Ich wusste, hier kannte ich mich aus.

Nach wie vor bestand das täglich sechsstündige Programm fast vollständig aus endlosen, mumientrockenen, mit Bibelzitaten gespickten Ansprachen, in denen unter anderem vor »Hurerei«, Bluttransfusionen, Kontakt mit »Weltmenschen«, höherer Bildung und »spiritismusverherrlichenden« Fernsehsendungen gewarnt wurde. Zwischen den Vorträgen wurden zur Entspannung semischmissige Lieder gesungen, und nach drei Stunden gingen alle in die Mittagspause, in der mitgebrachte, garantiert blutwurstfreie Klappstullen auf dem Menüplan standen. Dann folgten drei weitere Stunden Hochdruck-Unterweisung.

Betitelt waren die Vorträge entweder biblisch-bürokratisch »Ein Leben in unversehrter Lauterkeit führen« oder ratgeberisch-handfest »Höre nicht auf die Stimmen von Fremden«. Mit den »Fremdstimmen« waren in erster Linie Abtrünnige und Aussteiger wie ich gemeint, die – so der Redner – alles daransetzten, die Zeugen mit in den Abgrund zu ziehen. Deswegen solle man sofort »flüchten«, wenn ein Abtrünniger versuche, sein teuflisches Werk zu tun, sei es von Angesicht zu Angesicht, im Fernsehen oder – sehr gefährlich! – im Internet. Aber wie üblich blieben auch diese Warnungen raunend unkonkret, um Zweifelnden nicht etwa noch häretische Surftipps zu geben.

Es wurde auch sehr nebulös von »verleumderischen Vorwürfen« gesprochen, die in letzter Zeit gegen »Gottes Volk« vorgebracht würden. Mir war sofort klar, hier ging es um einige öffentlich gewordene Fälle von Kindesmissbrauch und den Versuch der Wachtturm-Gesellschaft, diese zu vertuschen. Traditionell reagieren die Zeugen auf solche Angriffe mit Schweigen beziehungsweise mit ablenkender Gegenpropaganda. Kindesmissbrauch? Papperlapapp – wir lieben unsere Kinder doch!

Also bekamen alle Kongressteilnehmer am zweiten Tag kostenlos das neue Kinderbuch »Lerne von dem großen Lehrer« überreicht, in dem die abergläubische und totalitäre Weltsicht der Wachtturm-Gesellschaft sehr schön in einer auch für die Kleinsten leicht verständlichen Sprache zusammengefasst wird. Im Zusammenhang mit den Missbrauchs-Vorwürfen fasziniert besonders die delikate Melange aus Lustfeindlichkeit und Sexbessenheit. So liest man auf Seite 60: »Zum Beispiel gefällt es den Dämonen, wenn Jungs und Mädchen gegenseitig mit ihrem Penis und ihrer Scheide spielen. Wir möchten den Dämonen aber keinen Gefallen tun, stimmt's?«

Solch monströs abstoßender Schwachsinn aktivierte

mein Gedächtnis, das nun begann, mir nicht nur längst vergessene, gruselige Bilder an die Schädelinnenwand zu werfen, sondern sich auch sorgsam wegarchivierte Gefühle aus dem Keller kommen zu lassen.

Ich erinnerte mich wieder an die Angst, die die Bibelforscher mir jahrelang gemacht hatten. Im Angstmachen waren sie wirklich erste Sahne. So erzählten sie auch mir siebenjährigem Knirps, dass überall um mich herum »Dämonen« lauerten, die mich auf ihre Seite ziehen wollten. Nicht im metaphorischen Sinne, nein, real: Alles voller Dämonen! Die ganze Welt! Nicht nur die direkte Umgebung meines Penises. Auch unterm Bett, im Schrank, im Keller!

Vor allem aber drohten sie mir mit »Harmagedon«, dem großen tabula rasa, dem »Ende des bösen Systems der Dinge«, wie es in ihrem Sektenbibeldeutsch hieß, bei dem Jehova alle Ungläubigen vernichten würde und allein seine Zeugen, aber nur die treuen und eifrigen unter ihnen, überleben ließe. Und dies sollte nicht etwa irgendwann geschehen, sondern quasi morgen: 1975! In diesem Jahr befand ich mich in einem Zustand der Dauerpanik, weil ich als Zehnjähriger natürlich ständig etwas biblisch Illegales tat.

Als sich die Prophezeiung nicht erfüllt hatte, also am 1. Januar 1976, war ich spontan erleichtert, im Gegensatz zu vielen verstörten Zeugen, denen es zunächst den Boden unter den Füßen wegzog. Die Sektenchefs in der Wachtturm-Zentrale in Brooklyn ließen allerdings eiskalt verlauten, die Gläubigen seien selbst Schuld, die Organisation hätte nie ein definitives Datum für den Weltuntergang genannt. Die offizielle Endzeitberechnung besage lediglich, dass *ab* 1975 jeden Tag mit dem großen Knall gerechnet werden müsse. Ätsche bätsche sozusagen. Und die Gemeinde schluckte die faule Ausrede. Ich auch. Der Kampf ging weiter. Und mein hysterisch-hosenvolles Leben auch, zumindest noch ein paar Jahre ...

Die aufsteigenden Erinnerungen an diese forcierte

Schissmacherei seitens der Zeugen erzeugte in mir kurzzeitig das dringende Bedürfnis, das Experiment abzubrechen, nach Hause zu gehen, Gott zu fluchen und eine Black-Sabbath-CD einzulegen. Aber ich widerstand dem eskapistischen Reflex. Er traf mich auch nicht völlig unvorbereitet.

Schon an dem Tag, an dem ich mich entschlossen hatte, diesen persönlichen Time-Tunnel zu betreten, war mir klar gewesen, dass das Ganze kein Spaß werden würde. Womit ich jedoch überhaupt nicht gerechnet hatte, waren die spärlichen, aber immer wieder aufwallenden *positiven* Erinnerungen, die mir ein durchaus kuscheliges Heimkehrer-Gefühl vermittelten. Und mir grade deswegen umso gruseliger erschienen. Wahrscheinlich handelte es sich dabei um eine Art Religions-Ostalgie. Wie in der DDR war auch bei den Zeugen Jehovas »nicht immer alles nur schlecht gewesen«. Zumindest kam es mir auf einmal so vor. Ich erinnerte mich an Kinderfreundschaften, an gemeinsame Fußballspiele, an das gute Gefühl, wenn ich für das fehlerfreie Vorlesen einer Bibelstelle gelobt wurde, an meine grottenschlechten, aber mit freundlichem Kopftätscheln kommentierten Blockflötenauftritte im Versammlungsorchester. Und vor allem an das Gefühl, etwas Besonderes, etwas Besseres zu sein. Besser als all die verdorbenen »Weltmenschen«.

Dieses Elite-Empfinden ist ein ebenso sinnvolles wie raffiniertes Element der Wachtturm-Lehre. Nur damit können die Zeugen den Hohn und Hass von außen, aber auch die Überwachung und Gängelung von innen ertragen. Für das luxuriöse Gefühl, auserwählt zu sein, hält man einiges aus, seien es nun die Demütigungen an den Haustüren, die Hänseleien von Mitschülern oder – wie an diesem Wochenende – einen Kongress, dessen dröges, uninspiriertes Programm nur mit der heiligen Geduld der Privilegierten zu ertragen war.

Immer, wenn ich mich auf der Tribüne umschaute, sah ich Menschen, die aus- und durchhielten. Manche ließen ihren Blick durchs Stadion schweifen oder blätterten ziellos in ihrer Bibel, andere tuschelten mit dem Nachbar oder steckten sich unauffällig Süßigkeiten in den Mund. Neben mir kapitulierte eine Frau und nickte ein. Nur die heillos überforderten kleinen Kinder wehrten sich geräuschvoll, so dass ein permanentes Nörgeln, Weinen und Schreien über dem Stadion lag. Auch das nahm man hin. So war das eben.

Zu meiner Zeit war man mit den nölenden Kindern mal schnell auf Toilette gegangen und hatte ihnen den Hintern versohlt. Das konnte ich während dieses Kongresses nicht beobachten, vielleicht hatte sich hier ausnahmsweise doch etwas geändert, vielleicht bekam ich es auch nur nicht mit ...

Dass sich jedoch alle im tiefsten Innern nach etwas anderem als breiiger Langeweile sehnten, wurde schlagartig klar, als ein Redner seinen Vortrag ohne jede Vorwarnung mit einer winzigen Prise Leidenschaft und Witz würzte. Jeder seiner altbacken-betulichen Scherze wurde mit dankbarem Gelächter belohnt, der Applaus klang zur Abwechslung ehrlich begeistert, und hätte der Vortrag noch zehn Minuten länger gedauert, wäre mit Sicherheit »La Ola« durchs Stadion gegangen. Doch schon beim nächsten, gewohnt roboterhaft klingenden Redner fielen die Zuhörer wieder in ihre übliche konzentrierte Lethargie.

Auch ich glitt mit zunehmender Kongressdauer immer öfter in diesen nichtekstatischen, anspruchsreduzierten Trancezustand ab. Nach zweieinhalb Tagen war ich so mürbe, dass ich mich sogar kurzzeitig auf das »Bibeldrama« freute. Unter Zeugen gelten diese Laienspielaufführungen als actiongeladene Höhepunkte der Kongresse. In Wahrheit sind die grotesk schlichten Lehrstücke ebenso langweilig wie der Rest des Programms. Formal funktionieren sie wie das »Drei-Fragezeichen-Vollplayback-Theater«, nur ohne ironische Brechung: Zu einem vorproduzierten Bibelhörspiel öffnen und schließen Statisten in historisierenden Kostümen den Mund und versuchen durch flaggensignalartiges Gestikulieren auch noch in 150 Meter Entfernung sichtbar zu sein.

Obwohl das Stück ohne jede Dynamik vor sich hin plätscherte, kam es gut an. Auch ich war begeistert. Vor allem weil mir während dieses durch und durch humorlosen und ästhetisch nicht mehr fassbaren Agitproptheaters klar wurde, dass ich mir den letzten Nachmittag doch würde schenken müssen. Ich konnte nicht mehr. Ich hatte genug. Mal wieder.

Heilfroh, mich vor 25 Jahren vom Glaubensacker gemacht zu haben, radelte ich nach Hause. Als ich bemerkte, dass mir dabei trotzdem ein wenig wehmütig ums Herz wurde, verstand ich, wie recht Wiglaf Droste doch hatte, als er sang: »Schon seltsam / wie leicht man vergisst / dass alles was man tut / für immer ist.« So oder so.

Der Spülinfarkt

Protokoll einer Grenzerfahrung

Es gibt Gespräche, in die gerät man wie in eine Geiselnahme. Man sitzt irgendwo herum, zum Beispiel in einer Party-Küche, denkt an nichts Böses, auch an nichts Gutes, sondern nur so indifferent vor sich hin, plötzlich erscheint ein haltloser Mensch, in diesem Fall eine Frau, zieht die verbale Mauser und sagt mit Blick auf das abgestellte schmutzige Geschirr: »ABWASCHEN IST FÜR MICH JA WIE MEDITIEREN!« Ein Satz so abscheulich, als sei er direkt aus der *Freundin* herauskopiert oder als habe ihn jemand bei Beckmann mitgeschrieben. Und eigentlich möchte man antworten: »Stimmt, Abwaschen ist exaktemang wie Meditieren – doof, langweilig und matschehirnmachend!«, aber da man Angst hat und außerdem mittelhöflich ist, sagt man etwas so Dummes wie »Echt?« oder »Meinste wirklich?«

In diesem Moment hat man verloren, denn jetzt wird man an den Stuhl gefesselt und gnadenlos vollgequakelt, jetzt werden alle fiesen Details des abnormen Geschirrwaschzwangs ausgebreitet: dass das Spülen am entspannendsten wäre, wenn man dabei Philipp Poisel oder Xavier Naidoo höre, dass man niemals Gummihandschuhe benutzen dürfe wegen der haptischen Erfahrung und dass es nichts Schöneres gäbe als nach einer Party, wenn der letzte Gast gegangen sei, alleine in der kerzenbeleuchteten Küche zu stehen und langsam das ganze schmutzige Geschirr wegzuwaschen bis der Morgen graut – dann noch ein Sektchen und ab ins Bett ...

Und irgendwann ist man so mürbegequatscht, dass man dem nächstbesten in der Küchentür erscheinenden Partygast seinen Stuhl anbietet, sich also quasi austauschen lässt, und schleunigst nach Hause geht. Dort, in der eigenen Küche, schaut man unvorsichtigerweise ganz kurz zum Spülbecken. Man sieht das sich provozierend stapelnde Geschirr auf der Ablage, stellt fest, dass die Geschirrspülmaschine noch nicht ausgeräumt ist, und dann verliert man für einen Moment die Kontrolle über das eigene Handeln, vielleicht weil man angetrunken ist, vielleicht weil man Opfer des Stockholm-Syndroms wird. Obwohl man es besser weiß, dreht man den Wasserhahn auf, greift zur Spülbürste – und tut es! Man wäscht ab. Per Hand. Wie man es schon seit Jahren nicht mehr getan hat. Und zunächst denkt man: Hey, ist doch gar nicht so schlimm. Aber dann beginnt das Gedächtnis zu arbeiten. Und je länger das Schrubben, Kratzen und Bürsten dauert, desto länger und bedrohlicher werden die Schatten der Vergangenheit.

Man erinnert sich an die mittelgebirgsgroßen Anhäufungen von perfektem Geschirr in der ersten Wohngemeinschaft, damals Anfang der 80er, als es bald nur noch darum ging, die Küche einigermaßen begehbar und insektenfrei zu halten – von einer leeren Arbeitsfläche oder einem mit sauberem Porzellan gefüllten Küchenschrank wagte ja schon nach vier Wochen jugendlichen Herumwohnens niemand mehr zu träumen. Man erinnert sich daran, wie man einmal morgens die Zimmertür von Tillmann Ehrenberg aufriss und brüllte: »Entweder, du wäscht jetzt endlich ab, oder du kannst ausziehen!« Und wie Tilman Ehrenberg mit geschlossenen Augen antwortete: »Dann ziehe ich eben aus!« Und dass er das dann auch tat.

Aber man selbst war keinen Deut besser. Selbstverständlich verweigerte man immer wieder den Abwasch, kämpfte mit den eigenen Spülblockade-Dämonen, verlor und wurde dafür gnadenlos als Drückeberger beschimpft und ausgegrenzt. Von Menschen, die ihrerseits drei Wochen später mit Tränen in den Augen stammelten: »Es tut mir leid, ich hab's wirklich versucht, aber nach 'ner Stunde konnte ich nicht mehr – die Käseauflaufform, der Schimmeltopf und die drei Wochen alte Milchreiskruste ham mich echt geschafft ...«

Man musste schließlich einsehen, dass schmutziges, sich türmendes Geschirr nichts mit der Faulheit einzelner Personen zu tun hat, sondern unabwendbares Menschenschicksal ist. Trotzdem litt man weiter. Unter der destruktiven Ausstrahlung einer schmuddeligen Küche. Unter der Dumpfheit des Spülvorgangs. Unter dem schleimigen, brackigen und bröckchengesättigten Spülwasser, das einem gegen Ende eines Abwasches stets das Gefühl vermittelte, barhändig in ein verwahrlostes Aquarium voller toter Fische und wuchernder Algen zu greifen. Vor allem aber litt man unter den Streitereien mit seinen Mitmenschen, die selbst nach dem Wechsel vom WG-Milieu ins kleinfamiliäre Gesellschaftssegment nicht seltener und weniger heftig wurden. Das Abwasch-Dilemma erzeugte auch dort nur Schuldgefühle, Schwermut und Aggressionen.

Aber dann, eines schönen Tages, nachdem man lange darüber nachgedacht hatte, sprach man das Zauberwort aus: »Geschirrspülmaschine«. Und erst zickte noch jemand Nahestehendes herum, weil das Gerät angeblich zu teuer, umweltschädlich und bauknechtartig spießig sei. Aber schließlich wurde es angeschafft, und ab diesem Tag kehrte Friede ein im Hause und in der Seele ...

Ja, und an dieses Martyrium mit überraschendem Happy End erinnert man sich in dieser Nacht, während des ersten manuellen Abwasches seit Jahren. Gerade will man die Spülbürste zur Seite legen und den Quatsch beenden, da bemerkt man, dass es zu spät ist, d.h. eigentlich bemerkt man es eher nicht, denn nun – zu diesem Zeitpunkt spült man bereits ca. neun Minuten – darf man einmal mehr am eigenen Leib erfahren, dass das Problem nicht nur ein psychosoziales, sondern auch eine knallhart medizinisches ist. Plötzlich wird einem mau, die eben noch grellen Erinnerungen verblassen, werden unscharf – und dann tritt er ein: der gefürchtete SPÜLINFARKT.

Wissenschaftlich betrachtet, passiert folgendes: Das zur Sauerstoffversorgung des Gehirns dringend notwendige Blut wird komplett aus dem Dachstübchen abgezogen und fließt in die spülenden Hände. Diese schwellen rot an und quellen quallenartig auf. Der Spüler gerät durch den Blutmangel im Kopf in einen Zustand, den die Abwasch-Propagandistin auf der Party nicht ganz zu Unrecht als »meditativ« fehldeutete – man wird stehend bewusstlos, hohl in der Birne, unfähig, auch nur einen klaren Gedanken zu fassen, geschweige denn, ihn zu formulieren. Man spült einfach willenlos weiter.

Einige Zeit später, vielleicht nach fünfzehn, zwanzig Minuten, schrumpeln die Hände mumienartig zusammen – ein Zeichen dafür, dass das Blut wieder abfließt, doch statt zurück ins Gehirn, wie es wünschenswert wäre, schießt es nun direkt in die Füße, diese beginnen zu schmerzen, zu pochen, und selbst der bequemste Gesundheitsschuh wird in diesem Moment zum spanischen Stiefel. Spätestens jetzt muss man, um Folgeschäden zu verhindern, den Abwasch abbrechen, sich hinlegen, zwei Tage durchschlafen und sich anschließend sofort in die Obhut eines diplomierten Gestalttherapeuten begeben.

Und genau das tat ich auch. Inzwischen geht es mir schon viel besser. Gestern habe ich einen Makramee-Zier-Topfschwamm gehäkelt. Zum An-die-Wand-hängen. Und vielleicht kann ich irgendwann auch wieder von meinen Spülerlebnissen berichten und dabei »ich« statt »man« sagen. Ich glaube, ich bin ganz kurz davor.

Schwule Römer

DIE AUFGESCHLAGENE BIBEL in der Hand steht er im grauen Polyester-Anzug vor dem »City Point«, Braunschweigs Ur-Shopping-Mall, die allerdings genau so möchtegern aussieht, wie sie von der Braunschweiger Bevölkerung ausgesprochen wird, vorne mit scharfem »Z«: Zitti Peunt. Schon von weitem hört man seine schrille Predigt, so dass man vermuten möchte, er habe sich ein Gurkenhobel-Propagandisten-Mikrophon um den Hals gehängt und verstärke seine Stimme mit einem übersteuerten 15-Watt-Batterie-Gitarrenamp. Aber der waschbetonerweichende Scheppersound kommt – technisch ist das nicht zu erklären – direkt aus seinem mit traurigen Ruinen gefüllten Prophetenmund, der einem spontan einen Song von »Superpunk« in den Kopf schießen lässt, in dem ein hilfloser Entführer und Lösegelderpresser aus dem Subproletariat die Gründe für seine Tat erläutert: »Ich bin nicht böse geborn – Ich wollt nur neue Zähne für meinen Bruder und mich.«

Aber hier geht's nicht um etwas so oberflächliches, talmihaftes wie neue Zähne, hier geht's um die Substanz, um ein neues Leben: »Kehrrret um! Kehrrret um zu Gott, ihr kleinen sexbesessenen Prostituierten!«, schnarrt er alttestamentarisch, und seine wie ein angebundener Hund neben ihm stehende Frau nickt stumm dazu. Sie sieht aus wie eine kasachische Großmutter und ist mit ihrem Kopftuch, dem knöchellangen Schürzenrock und den niedergeschlagenen Augen der Gegenentwurf zu den eben angesprochenen harmlos nuttig aussehenden, bauchfreien und nabelgepiercten Teenies, die ob des aus heiterem Himmel auf sie herab prasselnden verbalen Schwefelregens verstört stehen bleiben. Das Teenagerleben ist zwar hart und Eltern können eine Pest sein, aber so was hat ihnen noch niemand gesagt. Während zwei von ihnen nach Luft schnappen, wehrt sich die dritte empört: »Spinnen Sie? Gehense doch erstma zum Zahnarzt!«

Darauf hat er nur gewartet: »Ihr eitlen Dinger, ihr seid so stolz auf eure schönen Zähne, eure nackten Beine und eure ...« – er macht eine winzige Pause und jetzt wird klar, wie seine assoziierende Predigttechnik funktioniert, sein wirrer Blick wandert suchend über die Backfisch-Körper, dann blecheimert er weiter – »... eure kleinen runden Popöchen, aber diese Eitelkeit ist Sünde! Ihr stellt eure Geschlechtsteile zur Schau wie läufige Hündinnen und wollt genommen werden, egal von wem ...«

Pardon? Ja, genau das sagt er, und man beginnt, das Problem des Predigers zu verstehen. Und man freut sich über so viel schamlose Eindeutigkeit in einer Welt, in der inzwischen selbst die Nazis Kreide fressen und so tun, als bewürben sie sich um den Friedenspreis des Deutschen Buchhandels.

Eindeutig bleibend macht er denn auch gleich sein zweitliebstes Fass auf. Immer noch auf die jungen Damen gezielt, wettert er weiter: »Ihr seid wie die abartigen Homosexuellen, wegen denen auch schon das römische Reich untergegangen ist, die sich auf den Straßen küssen und in der Öffentlichkeit kopulieren ...« – »Hast duse noch alle?«, brüllt ihm ein augenscheinlich schwuler Passant dazwischen. Aber auch die Anwesenheit des Satans beeindruckt den Prediger nicht: »Die Homosexuellen ... diese von hinten aufgezäumten Pferde ... dieser Abschaum auf der Schleimsuppe des Lebens ...« – man kann nicht umhin, von den offensichtlich extemporierten, wirren, fast dadaesken Wortschöpfungen zumindest formal kurz beeindruckt zu sein – »... dieser Rückwärtsgang der Natur ... die gehören alle atomar ausgerottet!«

Für genau diese grotesken Ausrottungsfantasien ist der

gut siebzigjährige Gotteskrieger schon einmal angezeigt und wegen Volksverhetzung verurteilt worden, aber nichts könnte ihm wurschter sein. Und da man das weiß und er sich immer weiter in seinen christlich-faschistischen Wahn hineinsteigert, erwischt man sich bei dem Gedanken, dass man jetzt einfach mal rübergehen und ihm unaufgeregt, nur so aus Anstandsgründen, eine Backpfeife geben müsste, locker aus dem Handgelenk, gentlemanlike. Bevor man jedoch dieses lächerliche und absurde Unterfangen ernsthaft bedenken und verwerfen kann, fühlt sich auch schon ein bermudashortsbehoster Bierproll von der gegenüberliegenden Abfüllstation berufen, die Angelegenheit auf seine Art zu regeln. Er trägt tatsächlich ein T-Shirt mit der Aufschrift »Schade, dass man Bier nicht ficken kann«. Während er überraschend gezielt auf den Prediger zutorkelt, mumpft er irgendwas von »Scheiße reden« und »Fresse halten«.

Da der homophobe Apokalyptiker sich davon selbstverständlich nicht beeindrucken lässt, stellt sich der Saufkopf direkt vor ihn, schlägt ihn vor die Brust und schüttet ihm den Inhalt seines Bierglases ins Gesicht. Die das Schauspiel beobachtende Menge erschrickt mit einem lauten kollektiven Einatmer. Der Prediger erstarrt kurz, dann löst er sich aus dem Freeze ... und predigt weiter. Der Pöbel-Trinker bleibt in Angriffshaltung. Er will mehr. Und es ist klar, spätestens jetzt muss man dazwischengehen, denn auch bei Auseinandersetzungen zwischen zwei Arschlöchern gilt die alte Westernregel: Menschen, die sich offensichtlich nicht wehren können oder wollen, sind zu schützen. Bedingungslos.

Erfreulicherweise muss man sich dann doch nicht wegen eines Idioten mit einem Idioten hauen, denn in diesem Moment erscheint die wohl schon zuvor gerufene Polizei, der Angreifer sieht das, drängelt sich schnell und feige durch die Menge und verschwindet.

Die Polizisten gehen nur kurz auf das biernasse Gesicht des Predigers ein, dann bitten sie ihn, seine Beschimpfungen zu unterlassen, es habe Beschwerden gegeben. Der Prediger trocknet sein Gesicht mit einem Taschentuch und sagt, er tue nur das, was Gott ihm befehle, und setzt erneut an. Zu einer letzten Suada, in der er interessanterweise die »Politikverbrecher Bush, Hitler und Stalin« mit Guido Westerwelle, Klaus Wowereit und allen anderen »homosexuellen Sodomiten« auf eine Stufe stellt und ihnen die »ewige Vernichtung« verspricht.

Die Polizisten bitten ihn in ihren Wagen. Bereitwillig lässt er sich samt Gattin abführen. Noch lieber wäre es ihm allerdings, das ist seinem zwar ruhigen, aber nur halbzufriedenen Gesichtsausdruck anzusehen, er würde hier direkt vor dem City-Point ans Kreuz geschlagen. Mit langen rostigen Nägeln. Am liebsten von schwulen Römern.

Bonus-Track:

Ein Dings namens Hübner

Eine Weihnachtsgeschichte für Kinder und Erwachsene

ES WAR DER NACHMITTAG DES 24. Dezembers. Kleine, feuchtfitzelige Schneeflocken fielen vom Himmel, es wurde langsam duster, und Lilly saß im Hinterhof auf den Treppenstufen und rauchte. Vor Wut natürlich, keine Zigaretten – schließlich war Lilly ein Kind. Ihre Mutter Claudia machte manchmal beides. Hintereinander. Wenn sie sich mit dem dicken Frank, Lillys Vater, stritt, hatte sie meist irgendwann das Gefühl, dass ihre Körpertemperatur auf geschätzte 93,4 Grad Celsius stieg, ihr Kopf glühte und ihr der Dampf aus den Ohren zischte. Claudia kniff dann die Lippen zusammen, drehte sich um, ging in den Hof zu den Mülltonnen und qualmte zwei Selbstgedrehte, sozusagen zur Neutralisierung. Heiß plus heiß macht kalt. Anschließend einen Mundvoll Kaugummis. Damit niemand etwas roch. Was ziemlicher Quatsch war, weil alle in der Familie wussten, dass sie sich immer eine ansteckte, sobald es zuhause schepperte. Obwohl sie vor zwei Jahren offiziell aufgehört hatte. Aber um nicht noch mehr Ärger zu provozieren, sprach sie keiner auf die heimliche Raucherei an. Der dicke Frank – ebenfalls Ex-Raucher – hätte sich nach einem solchen Streit auch gerne eine angesteckt, riss sich aber zusammen. Meist mit Hilfe von ein bis zwei Tafeln Schokolade, womit auch schon die Frage nach seinem Spitznamen geklärt wäre.

Jetzt aber saß Lilly im Hof und war stinkesauer. Oben wurde noch gebrüllt. Sogar Weihnachten kriegen die beiden kaputt, dachte Lilly. Worum es genau ging, wusste sie nicht. Wahrscheinlich wussten das auch Claudia und Frank nicht. Oder zumindest nicht mehr. Angefangen hatte es mit einem Klassiker: Dem Aufstellen des Weihnachtsbaums. Natürlich war er zu groß. Oder zu klein? Jedenfalls passte er nicht in den Ständer. Der Stamm der wie immer auf den letzten Drücker besorgten Nordmanntanne musste unten zurechtgeschnitzt werden. Dabei hatte sich Frank mit dem großen Brotmesser in den Finger geschnitten – und dann war alles auf den Tisch gekommen: Wer wann welche Schwiegermutter zum Heiligabendbrot abholen müsse, warum die beiden überhaupt kämen, dass das wieder die Hölle werden würde mit dieser Meckerei und dieser Singerei, und wer wieder die Geschenke für Lilly und ihre große Schwester hatte besorgen müssen, während jemand anderes wieder nichts getan hätte.

»Wenn ich nicht gestern noch losgerannt wäre, hätten Lilly und Doressi heute aber ziemlich doof aus der Wäsche gekuckt!«, schrie Claudia.

»Sie heißt Doro-THY, verdammt nochmal, unsere Tochter heißt Doro-THY!«, hatte Frank gebrüllt und dabei ziemlich feucht, aber britisch korrekt gelispelt. Claudia hatte nämlich Probleme mit dem »th«, und das nicht nur beim Namen ihrer Tochter. Sie schaute sich im Fernsehen zum Beispiel gerne »Sssriller« an.

Frank pöbelte weiter: »Warum gibst du deinem Kind auch einen Namen, den du nicht aussprechen kannst?«

»Weil du ihr sonst irgendso'n doofen Waldorf-Schul-Oma-Namen verpasst hättest: Emilie oder Johanna oder ...«

»Immer noch besser als deine Ossi-Proll-Namen.«

»Wenn ich dir zu prollig bin, such dir doch 'ne Andere!«

In diesem Moment hatte Lilly die Wohnung verlassen.

Jetzt war es nur noch eine Frage von Minuten bis Claudia zum Rauchen nach unten kam. Als sich oben die Tür öffnete, stand Lilly auf, machte ihren Anorak zu und ging.

Sie lief herum. Einfach so. Quer durchs Viertel. Bestimmt eine halbe Stunde, vielleicht auch länger. Sie dachte darüber nach, warum ihre Eltern nicht miteinander klarkamen. Lilly wusste nicht, was sie schlimmer fand: Die ewige Streiterei oder die Vorstellung, dass es irgendwann so knallte, dass einer von beiden seine Koffer packte. Die Schneeflocken wurden jetzt größer und flauschiger. Lilly fing ein paar mit ihrer Zunge auf. Menschen mit Restbesorgungs-Plastiktüten huschten in Hauseingänge, andere fuhren auf Parkplatzsuche dreimal um den Block. Durch einige Fenster sah man Kinder mit ihren Eltern den Weihnachtsbaum schmücken. Lilly ging hoch zur Limmerstraße. Auch dort, wo sonst immer was los war, wurde es nun langsam ruhig, die letzten Aufsteller wurden hereingenommen, Geschäfte abgeschlossen.

Nur die alkoholisierten Dauergäste gegenüber des Supermarktes saßen noch auf der Bank und tranken Weihnachtsbier. Das Wetter schien ihnen nichts auszumachen. Einer von ihnen trug eine schmutzige Weihnachtsmannmütze. Vor ihm wackelte eine kleine batteriebetriebene Plastiktanne mit Kusslippen und Kulleraugen und knödelte »Jingle Bells«. Die große schwarze Frau mit der Seventies-Sonnenbrille, dem pinkfarbenen Mode-Turban und dem an manchen Stellen schon haarlosen Pelzmantel wuchtete sich hoch, stellte sich auf die Schienen und hielt die Straßenbahn an. In der einen Hand eine Bierflasche, die andere klappte sie am ausgestreckten Arm in die Senkrechte, als sei sie Diana Ross von den Surpremes: »Stop!« Doch dann folgte kein »... in the name of love«, sondern ein lautes, kehliges Lachen. Der Straßenbahnfahrer kannte das wohl schon. Er klingelte dreimal und Diana torkelte wieder zurück zu Santa Claus und seinen Herrenhäuser Elfen.

Lilly ging auf der anderen Straßenseite an der traurigen kleinen Weihnachtsgesellschaft vorbei. Sie hatte zwar keine Angst vor den Open-Air-Trinkern, dazu sah sie sie zu oft und wusste, dass sie niemandem etwas taten, aber sie verspürte auch kein großes Verlangen danach, in diesem Moment von ihnen angequatscht zu werden. Sie schaute auf die Uhr. Na, ob ihre Erziehungsberechtigten sich wieder vertragen hatten? Und ob schon jemand losgefahren war, um Oma Elke vom Bahnhof und Oma Hildegard aus dem Altenheim abzuholen?

Lilly überlegte, ob sie schon wieder nach Hause gehen sollte. Nee, eine halbe Stunde würde sie noch draußen bleiben. Die sollten ihre Abwesenheit schon noch bemerken. Und sich wenigstens ein bisschen Sorgen machen.

Traurig starrte sie auf das düster vor ihr liegende Ihme-Zentrum, eine dieser in der ganzen Republik verteilten 70er-Jahre-Beton-Hochhaus-Höllen. Sie bog am Küchengarten links ab, in Richtung des Heizkraftwerkes mit den drei großen Blöcken und den drei großen Schornsteinen. Neulich war ihr Patenonkel Thomas aus Göttingen zu Besuch gewesen und sie hatte zu ihm gesagt: »Diese Schornstein-Dinger nennt man übrigens ›Die drei warmen Brüder‹!«

»Na, dann sind wir jetzt schon zu viert!«, hatte er geantwortet und sie angegrinst.

»Wie?«, fragte Lilly. Thomas erklärte ihr, was der Ausdruck »warme Brüder« bedeutete.

Lilly war empört. »Hä, warum sagt mir das denn keiner?«

»Naja, dafür hast du ja deinen schwulen Onkel – und für andere wichtige Dinge natürlich. Apropos: Becher oder Waffel?«, hatte Thomas geantwortet und war mit ihr Eis essen gegangen.

Trotz Kälte und Regen, wie sich das für einen patenten Patenonkel gehört. Schade, dass Thomas heute nicht da war, dachte Lilly und bog von der Elisenstraße in die Kochstraße ein.

Und dann ging alles ganz schnell.
Lilly hörte hinter sich einen aufheulenden Motor. Erschrocken drehte sie sich um und wurde von einem Scheinwerfer geblendet. Irgendjemand brüllte »Achtung!« und Lilly sprang zur Seite. Sie landete auf einem großen Schneehaufen am Straßenrand. Im Fallen sah sie noch, wie dem Moped, das auf sie zugerast war, das Hinterrad wegrutschte. Der Fahrer wurde nach rechts geschleudert und krachte gegen eine Laterne. Das Moped schlitterte flach auf der Seite liegend weiter die Straße hinunter, bis es ebenfalls von einem Schneehaufen gestoppt wurde. Der Motor sprotzelte noch ein wenig vor sich hin. Dann gab er auf.

Minutenlang war nichts zu hören. Stille. Lilly lag im Schnee und überlegte, was da grad passiert war. Hatte der Mopedfahrer absichtlich versucht sie umzufahren? Aber dann hätte er ja nicht »Achtung« gerufen. Wo kam der überhaupt her? Er schien wirklich aus dem Nichts aufgetaucht zu sein. Vorsichtig stand sie auf. Zumindest waren ihre Knochen noch heil. Sie schüttelte sich den Schnee vom Anorak und ging langsam zu dem Fahrer hinüber, der bewegungslos unter der Laterne lag. Er hatte einen weißen Overall an und trug einen altmodischen Helm.

»Hallo?«, fragte Lilly. »Alles okay? Geht es Ihnen gut?« Sie berührte den Fahrer an der Schulter. »Soll ich einen Krankenwagen rufen?«

Er drehte sich langsam um, klappte das Visier seines Helmes hoch und schaute Lilly an. Außer den dunklen Augen konnte sie im Laternenlicht nicht viel von ihm erkennen. Dann setzte er sich auf und nahm den Helm vom Kopf. Mittellange strubbelige Haare und ein sommersprossig geflecktes Gesicht kamen darunter zum Vorschein. Der Mopedfahrer war eine junge Frau.

»MannMannMann«, sagte sie. »Was war das denn?«
»Sie haben mich fast umgefahren!«, sagte Lilly.
»Echt?«, sagte die Frau. »Das is ja'n Ding!« Sie schaute sich um. »Wo bin ich hier überhaupt?«

Lilly zeigte auf das Straßenschild. »Das ist die Kochstraße.«

»Welche Kochstraße?«, fragte die Frau.

»Na, die Kochstraße eben … in Hannover-Linden ...«, sagte Lilly verwirrt.

»Und was mache ich hier?«

Woher sollte Lilly das wissen? Sie zuckte mit den Schultern. »Keine Ahnung ...«

Die Frau legte nachdenklich den Kopf in den Nacken, schloss die Augen und sagte: »Tja, ich glaub, ich hab da so ein paar Lücken.« Sie schaute Lilly an. »Kann das sein, dass ich auf den Kopf gefallen bin?«

»Naja … soweit ich gesehen habe, sind Sie voll gegen die Laterne geklatscht.«

»Wirklich? Wie war dein Name nochmal?«, fragte die Frau.

»Lilly, aber den habe ich noch gar nicht gesagt«, antwortete Lilly.

»Und wie ist mein Name?«, fragte die Frau.

Jetzt war Lilly klar, dass das hier ein größeres Problem war. Eins, mit dem sie alleine nicht klarkommen würde. »Soll ich vielleicht doch einen Krankenwagen rufen? Oder die Polizei?«

Die Frau hob abwehrend die Hand. »Nee, nee, lass mal lieber ...«

Lilly hatte eine Idee. »Vielleicht haben Sie ja einen Ausweis dabei. Irgendwo in einer Tasche.«

Die Frau tastete ihren Overall ab. Die Taschen schienen alle leer zu sein.

»Moment, hier ist doch was!« Sie öffnete einen Reißverschluss und zog ein kleines Kärtchen heraus. Sie schaute überrascht auf die goldene Schrift und sagte: »Das muss mein Name sein ... Komisch ... ich heiße auch Lilly! Lilly Hummel, und ich wohne in der Wilhelm-Bluhm-Straße in Hannover.«

»Nee«, sagte Lilly, »das bin ich. Woher haben sie eine Karte mit meinem Namen?«

Die Frau zuckte mit den Schultern und drehte die Karte um. »Hier steht noch was: Hübner / 24. Dezember.«

»Vielleicht sind Sie ja diese *Hübner*?«, sagte Lilly.

»Das kann gut sein. Das nehmen wir erstmal als Arbeitshypothese!« Die Frau stand auf, gab Lilly etwas zu formell die Hand und sagte: »Angenehm, Hübner!« Dabei machte sie einen Knicks. Das hatte Lilly noch nie gesehen. Es sah aus, als ob Hübner das Gleichgewicht verliere. »Vorsicht!«, rief Lilly und versuchte sie zu stützen, aber da stand Hübner auch schon wieder sicher auf zwei Beinen. Sie fragte: »Und jetzt?«

»Wie jetzt?« Lilly betrachtete verwundert ihre rechte Hand. Sie fühlte sich ganz warm an, und für einen kurzen Moment dachte Lilly, sie würde leuchten, ganz schwach nur, wie eine Ahnung von Licht. Sie schaute prüfend auf Hübners Hände, konnte aber nichts Außergewöhnliches erkennen.

»Ich meine: Was machen wir beide jetzt?«, fragte Hübner.

Lilly wusste nicht, was sie antworten sollte. »Also ... ich muss jetzt nach Hause. So um sechs rum ist Bescherung und dann gibt's Abendessen.«

Hübner kniff die Augen zusammen und dachte nach. »Ich hab zwar keine Ahnung warum, aber ich glaub', da komme ich mal mit.«

»Aber das geht nicht.« Lilly schüttelte den Kopf. »Ich kann nicht einfach jemand Fremdes mit nach Hause bringen. Schon gar nicht an Heiligabend.«

»Ah, richtig: der 24. Dezember. Da war doch was ... wenn ich nur wüsste, was...« Hübner schaute noch mal auf das Kärtchen und nickte. »Doch, doch, ich komm mit.« Sie ging zum Moped und stemmte es hoch. »Na los! Isses weit?«

»Nee, nee, nur fünf Minuten oder so ...«, stammelte Lilly. Und obwohl sie überhaupt nicht verstand, was das alles sollte, ging sie voran. Hübner schob das Moped hinter ihr her. Lillys Gehirn arbeitete auf Hochtouren.

Eins war klar: Sie konnte mit Hübner nicht einfach ins Wohnzimmer stolzieren. Sie musste sie erstmal in ihr Kinderzimmer schmuggeln und dann ... ja, was dann?

»Das klären wir vor Ort«, sagte Hübner.

»Wie bitte?«, fragte Lilly. Hatte sie etwa aus Versehen ihre Gedanken laut ausgesprochen?

»Nee, hast du nicht«, sagte Hübner. Sie zog ihre Nase hoch. »Mann, ist das ein Wetterchen ...«

Also die beiden auf den Hinterhof kamen, wuppte Hübner das Moped auf den Ständer. Lilly sah neben der Mülltonne eine noch schwach glimmende Zigarettenkippe und zwei Kaugummipapiere liegen und sagte: »Lass uns noch einen Moment warten. Ich glaub, meine Mutter ist grade erst wieder hoch gegangen.« Anscheinend hatte sich Claudia heute Abend schon zum zweiten Mal eine Rauchpause gegönnt. Das verhieß nichts Gutes.

Drei Minuten später schlichen die beiden die Treppe hoch, und Lilly schloss so leise wie nur irgend möglich die Tür auf. Sie schlüpften in die Wohnung und verschwanden in Lillys Zimmer.

»Ich weiß wirklich nicht, warum ich das hier mache ...«, sagte Lilly.

»Da geht's dir wie mir, aber irgendwie hat das doch auch was, oder?«, antwortete Hübner und ließ sich aufs Bett fallen. »Mann, bin ich kaputt!«

»Okay, du bleibst erstmal hier«, sagte Lilly, »und ich ... ich geh mal ins Wohnzimmer, die Lage checken.«

Das Schlimme war: Niemand schien wirklich bemerkt zu haben, dass sie sich zwischendurch abgesetzt hatte. Außer Dorothy. Als Lilly das Wohnzimmer betrat, flüsterte diese ihr zu: »Mann, wo warst du denn bloß? Die spielen hier schon wieder das große Weihnachtsmassaker. Wenn das nicht bald aufhört, haue ich noch vor dem Essen ab zu Paul.« Paul war Dorothys neuer Freund.

Claudia saß in der Ecke und schwieg mit finsterem Blick vor sich hin. Der dicke Frank ordnete krampfhaft konzentriert die Weihnachtsgeschenke unterm Baum und tat so, als höre er nicht, wie seine Mutter, Oma Elke, die Weihnachtsdekoration mal wieder ihrer alljährlichen atemlosen Stilkritik unterzog: »Ich weiß auch nicht, warum ihr immer so ein krüppeliges Bäumchen kauft, bei uns in Hildesheim hab ich so schöne große, grade gewachsene Bäume gesehen, naja, für mich alleine lohnt sich das ja nicht, aber ihr habt doch Kinder, da müsst ihr doch einen ordentlichen Baum kaufen, und ihn vor allem auch ordentlich schmücken, nicht mit diesem amerikanischen Plastikkram und diesen schrecklichen Elektrokerzen, das könnt ihr doch nicht ernst meinen, warum um Himmelswillen nehmt ihr denn keine echten Kerzen, ein Baum ohne echte Kerzen ist doch kein richtiger Weihnachtsbaum.« Ihr Blick wanderte durchs Zimmer. »Und die Fenster habt ihr auch wieder nicht geschmückt«. Sie trat einen Schritt näher. »Und noch nicht mal geputzt! Mensch Claudia, einmal im Jahr wirst du doch die Fenster putzen können, oder?«

»Pass mal auf, Elke ...« Claudia erhob sich wütend von ihrem Sessel.

»Mensch, jetzt hört endlich auf, ihr beiden!« Frank stellte sich zwischen die Frauen.

»Was heißt denn hier *ihr beiden*?«, empörte sich Claudia.

»Hoffentlich gibt's keine Pute!«, sagte Oma Hildegard. »Ich hasse Pute. Gestern im Heim gab's Pute. So'n Quatsch. Weihnachten muss man Gans machen.«

Oma Hildegard lebte seit einem Schlaganfall nicht nur im Altersheim, sondern auch in einer Art Paralleluniversum. Sie erinnerte sich an jedes Detail aus ihrer Kindheit, aber wenn man sie nach etwas fragte, was gestern passiert war, zuckte sie mit den Schultern und sagte: »Och, man muss sich auch nicht alles merken.«

Nur mit dem Essen war sie pingelig. Offensichtlich hatte sie beschlossen, nur noch ihre Lieblingsgerichte zu essen.

»Ich hab dir gesagt, dass das mit der Pute nicht funktioniert«, zischte Claudia Frank zu.

»Wart doch erstmal ab«, zischte dieser zurück. »Es gab eben keine Gans mehr. Die Pute wird ihr schon schmekken. Ich hab extra Rotkohl dazu gemacht ...«

»Und es muss Rotkohl zur Gans geben!«, sagte Oma Hildegard, als sei das eins der zehn Gebote.

»Gibt es auch Hildegard, keine Angst!«, sagte Frank.

»Machen wir jetzt endlich die Bescherung?«, fragte Dorothy. »Ich will nachher noch zu Paul.«

»An Heiligabend?«, fragte Oma Elke. »Wo gibt's denn sowas? Ich dachte, wir gehen alle nachher zusammen in die Kirche?«

»Wann nachher?«, fragte Claudia.

»Um halb elf«, sagte Oma Elke.

»Mutti, du weißt doch, dass ich nicht in die Kirche gehe«, sagte Frank.

»Wieso?«, fragte Oma Elke, als höre sie das zum ersten Mal.

»Weil ich schon lange ausgetreten bin!«, sagte er kraftlos.

»Wie bitte?«

»Hallo?«, rief Dorothy. »Können wir uns jetzt endlich die Geschenke um die Ohren hauen?«

»DORRESSI, BENIMM DICH!«, brüllten Claudia und Oma Elke.

»Aber vor der Bescherung müssen wir singen.« Oma Hildegard holte Luft und sang: »Tochter Zion, frohohohohoie dich, jahahahahauchze laut Jeruhuhusalem ...«

»Muutttii!!! Bitte!« Claudia hielt sich die Ohren zu.

Plötzlich flog die Tür auf und Hübner stand im Rahmen. Ihr weißer Overall leuchtete, als würde er mit einem Zweikilowatt-Theaterscheinwerfer angestrahlt, und ihre Haare funkelten, als seien sie aus purem Gold – strubbelig waren sie allerdings immer noch. Im Zimmer schien es schlagartig heller und wärmer geworden zu sein. Hübner atmete tief durch und sagte: »Drei Fragen hab ich. Erstens: Was ist hier eigentlich los? Zweitens: Müsst ihr immer gleich schreien? Und drittens: Ich bin grad gegen 'ne Laterne geknallt. Könnt ihr euch vorstellen, was ich für Kopfschmerzen hab?« Alle starrten Hübner an. Keiner traute sich etwas zu sagen. Lilly dachte, sie müsse in Ohnmacht fallen.

»So, und jetzt mal Klartext«, sagte Hübner, »ich weiß zwar immer noch nicht genau warum, aber ich glaube, ich hab euch was zu sagen.« Sie presste ihre Finger gegen beide Schläfen und schloss kurz die Augen. Dann wendete sie sich Oma Elke zu. »Elke, du hörst jetzt mal mit diesem ewigen Gemecker auf. Du bist hier Gast, also reiß dich zusammen, der Weihnachtsbaum ist tippitoppi, und wenn du in die Kirche gehen willst, frag bitte höflich, ob jemand mitkommt.«

»Aber ...« Oma Elke plusterte sich auf.

»Nix aber«, winkte Hübner ab, »einfach machen. So, und jetzt zu dir, Hildegard.«

»Ja, bitte?«, fragte Oma Hildegard. »Kennen wir uns?«

»Wenn ich das wüsste! Aber darum geht's jetzt nicht. Folgendes: Die Pute, die es nach der Bescherung zu essen gibt, ist eine Gans, verstanden?«

»Tatsächlich?«, fragte Hildegard.

»Ehrenwort! Und noch was: Du singst wirklich toll, aber mach das bitte nachher zusammen mit Lilly, die ist nämlich die einzige hier, die bei deinen Weihnachtsliedern keine Pickel kriegt.«

Oma Hildegard schien kurz nachzudenken und sagte dann: »Na gut, wenn Sie meinen. Gibt es eigentlich auch Nachtisch?«

»Mit Sicherheit«, antwortete Hübner und stellte sich zwischen Claudia und Frank. »So, und jetzt ihr beiden. Gut zuhören, ich sag's nur einmal: Liebt euch oder lasst es. Aber hört auf mit der Streiterei. Ihr macht eure Kinder nicht nur wahnsinnig, sondern auch todunglücklich. Wenn ihr euch nicht mehr leiden könnt, gebt es zu und findet 'ne Lösung. Wenn ihr euch aber noch liebt, redet miteinander und hört auf mit der Zankerei. So, das wär's eigentlich im Groben.«

Claudia löste sich als erste aus der Erstarrung. »Wer ... wer sind Sie eigentlich? Wie kommen Sie dazu, uns ...?«

»Moment«, sagte Hübner, »ich hab da noch was.« Sie hob die Hände und schnippte gleichzeitig mit beiden Mittelfingern und Daumen. Da begann es zu schneien. Im Wohnzimmer der Hummels. Nur für eine, vielleicht zwei Sekunden. Und schon war es wieder vorbei. »Toll, ne?«, sagte Hübner. Ihrem Gesicht war anzusehen, dass sie selbst von ihrer Einlage etwas überrascht war.

Claudia wischte sich die Schneeflocken von den Haaren und betrachtete das Wasser auf ihrer Hand. Hübner reichte ihr eine Serviette vom Tisch. »So, und jetzt zieht ihr angemessen erschüttert die Bescherung durch, lasst euch die Putengans schmecken, danach können Lilly und Hildegard ein bisschen singen, Dorothy trifft sich mit Paul, und wer will kann auch noch in die Kirche gehen. Und Frank und Claudia überlegen sich zwischen den Jahren mal, wie es hier weitergehen soll. So Lilly, wenn du mich vielleicht noch raus begleiten könntest? Ich glaub, hier bin ich jetzt durch. Fröhliche Weihnachten allerseits!«

»Äh ... ja klar, natürlich«, stammelte Lilly.

Hübner holte ihren Helm aus Lillys Zimmer und setzte ihn auf. Die beiden gingen die Treppe hinunter. Auf dem Treppenabsatz blieb Lilly stehen und fragte: »Hübner, warum hast du eigentlich nur die Erwachsenen angemeckert?«

Hübner wunderte sich: »Was hätte ich denn zu dir und deiner Schwester sagen sollen? Ihr seid doch ganz okay. Klar, du könntest zum Beispiel manchmal ein bisschen weniger rumnerven, aber dafür bist du ja ein Kind. Kinder müssen nerven. Die richtigen Probleme machen eigentlich immer nur die Erwachsenen. Das weiß doch jeder. Komm weiter!« Unten angekommen wischte Hübner mit dem Arm einen kleinen Schneehügel vom Sattel ihres Mopeds und schob das etwas ramponierte Gefährt durch die Hoftür. Auf der Straße stieg sie auf und startete den Motor. Er knatterte so laut, dass Lilly und sie sich anschreien mussten.

»Weißt du Lilly, ich glaube, ich weiß jetzt auch wieder, wer und was ich bin. Eben, als ich es schneien ließ, kam mir so eine Ahnung.«

»Mir auch«, brüllte Lilly.

»Ich glaube, ich bin ein Dings... na, wie heißen die? Die mit diesen ... Dingern, mit denen man fliegen kann ... naja, auch egal ... Das fällt mir schon wieder ein.«

»Flügel!«

»Was?«

»Du meinst Flügel!« Lilly schrie so laut sie konnte. »Sind die unter deinem Anzug versteckt?«

»Kann sein, da juckt irgendwas am Rücken«, antwortete Hübner und ließ den Motor noch lauter aufheulen. »Mach's gut Lilly, und glaub mir, deine Eltern kriegen das schon irgendwie hin!«

Lilly zuckte mit den Schultern. »Hoffentlich ...«

»Klar, das hier ist schließlich 'ne verdammte Weihnachtsgeschichte! Die kann nur gut enden.« Hübner hielt die Hand hoch. »Komm, alle Fünfe!«

Lilly klatschte ab und brüllte: »Danke, du ... Dings.«

Dann gab Hübner Gas. Lilly schaute ihr noch hinterher und winkte lächelnd. Nach einigen Metern war Hübner mitsamt ihrem Moped verschwunden. Ob das an den dicken Schneeflocken oder dieser Dingssache lag, konnte Lilly nicht sagen. Es war ihr auch egal. Sie fing noch ein paar Flocken mit der Zunge auf, drehte sich um und ging zurück ins Haus.

Nachbemerkung:

Die hier versammelten Texte wurden zum Teil bereits in folgenden Publikationen veröffentlicht: *taz, Hannoversche Allgemeine Zeitung, DIE ZEIT, Häuptling Eigener Herd, Stadtmagazin »Stadtkind«, Stadtmagazin »Public«, Stadtmagazin »Schädelspalter«, Süddeutsche Zeitung.* Für dieses Buch wurden sie abgeschmirgelt, neu lackiert und dezent aufpoliert. Einige wenige Texte entstammen den inzwischen vergriffenen Büchern: »Die Oma-Patrouille« und »Barfuß auf der Busspur«.

Mein Dank geht aus verschiedenen Gründen an: Ulrike Willberg, Salima El Kurdi, Klaus Bittermann, Wolfram Hänel, Ulrike Gerold, Carl Weinknecht, Christian Kortmann, die Twangy-Boys und Insa und Udo vom Friedrich-Bödecker-Kreis. Und an die Redakteure, die meine regelmäßigen Kolumnen betreuen oder einzelne Texte angeregt oder ermöglicht haben: Michael Ringel (taz), Lars Kompa (Stadtkind), Jan Fuhrhop (Public), Katrin Hörnlein (DIE ZEIT), André Buron (Schädelspalter), Ambros Waibel (taz), Ronald Meyer-Arlt (Hannoversche Allgemeine Zeitung), Christian Staas (DIE ZEIT), Susanne Gaschke (DIE ZEIT), Roswitha Budeus-Budde (Süddeutsche Zeitung).

Infos und Buchungen für Lesungen unter
www.hartmutelkurdi.de

Aus der Reihe Critica Diabolis

21. *Hannah Arendt*, Nach Auschwitz, 13,- Euro
45. *Bittermann (Hg.)*, Serbien muss sterbien, 14.- Euro
55. *Wolfgang Pohrt*, Theorie des Gebrauchswerts, 17.- Euro
65. *Guy Debord*, Gesellschaft des Spektakels, 20.- Euro
68. *Wolfgang Pohrt*, Brothers in Crime, 16.- Euro
112. *Fanny Müller*, Für Katastrophen ist man nie zu alt, 13.- Euro
129. *Robert Kurz*, Das Weltkapital, 18.- Euro
139. *Hunter S. Thompson*, Hey Rube, 10.- Euro
153. *Fanny Müller*, Auf Dauer seh ich keine Zukunft, 16.- Euro
154. *Nick Tosches*, Hellfire. Die Jerry Lee Lewis-Story, 16.- Euro
160. *Hunter S. Thomspon*, Die große Haifischjagd, 19.80 Euro
162. *Lester Bangs*, Psychotische Reaktionen und heiße Luft, 19.80 Euro
163. *Antonio Negri, Raf V. Scelsi*, Goodbye Mr. Socialism, 16.- Euro
166. *Timothy Brook*, Vermeers Hut. Der Beginn der Globalisierung, 18.- Euro
171. *Harry Rowohlt, Ralf Sotscheck*, In Schlucken-zwei-Spechte, 15.- Euro
173. *einzlkind*, Harold, Toller Roman, 16.- Euro
174. *Wolfgang Pohrt*, Gewalt und Politik, Ausgewählte Schriften, 22.- Euro
176. *Heiko Werning*, Mein wunderbarer Wedding, 14.- Euro
178. *Kinky Friedman*, Zehn kleine New Yorker, 15.- Euro
184. *Guy Debord*, Ausgewählte Briefe. 1957-1994, 28.- Euro
185. *Klaus Bittermann*, The Crazy Never Die, 16.- Euro
186. *Hans Zippert*, Aus dem Leben eines plötzlichen Herztoten, 14.- Euro
188. *Ralf Sotscheck*, Tückisches Irland, 14.- Euro
189. *Hunter S. Thompson*, The Kingdom of Gonzo, Interviews, 18.- Euro
192. *Heiko Werning*, Schlimme Nächte, 14.- Euro
193. *Hal Foster*, Design und Verbrechen, Schmähreden, 18.- Euro
196. *Wiglaf Droste*, Sprichst du noch oder kommunizierst du schon? 14.-
197. *Wolfgang Pohrt*, Kapitalismus Forever, 13.- Euro
198. *John Gibler*, Sterben in Mexiko, Drogenkrieg, 16.- Euro
199. *Owen Hatherley*, These Glory Days, Ein Essay über Pulp, 16.- Euro
200. *Wolfgang Pohrt*, Honoré de Balzac, 13.- Euro
203. *Cederström & Fleming*, Dead Man Working, 13.- Euro
204. *Robert Kurz*, Weltkrise und Ignoranz, Essays, 16.- Euro
205. *Wolfgang Pohrt*, Das allerletzte Gefecht, 13.- Euro
206. *Peter Laudenbach*, Die elfte Plage. Zur Kritik des Touristen, 13.- Euro
207. *einzlkind*, Gretchen, Prima Roman, 18.- Euro
208. *Wiglaf Droste*, Die Würde des Menschen ist ein Konjunktiv, 14.- Euro
209. *Lee Miller*, Krieg. Mit den Alliierten in Europa 1944-45, 24.- Euro
210. *Berthold Seliger*, Das Geschäft mit der Musik, 18.- Euro
211. *Friedhelm Kändler*, Die Abenteuer der Missis Jö, 14.- Euro
212. *Franz Dobler*, A Boy Named Sue, 14.- Euro
213. *Klaus Bittermann*, Alles schick in Kreuzberg, 14.- Euro
214. *Heiko Werning*, Im wilden Wedding, 14.- Euro
215. *Hartmut El Kurdi*, Revolverhelden auf Klassenfahrt, 14.- Euro
216. *Ingo Müller*, Furchtbare Juristen, ca. 22.- Euro
217. *Marcel Cohen*, Raum der Erinnerung. Tatsachen, ca. 16.- Euro

http://www.edition-tiamat.de